WAC BUNKO

出会いの幸福

曽野綾子

JN171341

WAC

出会いの幸福

❖

目次

装丁／神長文夫＋柏田幸子

第1章

或る任務

戦後の平和教育の中で、日本がかかわった大東亜戦争に対する批判が強く占めたのは当然のことである。戦後教育の中で突出して印象的だったのは、自分の命、すなわち人権を守るのは、何にもまして大切なことだという日教組的教育だった。

もちろん誰一人として、自分の大切な家族や自分自身が死んでいいと思うわけがない。しかし人生には、時に、人を救うために自分の命を差し出さねばならないこともある。その判断は非常に難しく複雑だが、「戦時中の『国や人の為に命を捨てる』というような発想は、資本主義に奉仕するだけだ」という日教組的見方は、今でも強烈に私の印象に残っている。

ただ、今でもどの国でも、集団のために自己犠牲を果たした人の死を、決して貶《おとし》めたりせず、深く悼《いた》み、その犠牲を人間として偉大な行為だと判断し、それ故にこそ、その悲劇を再び繰り返さない、という教訓を残しているのだ。

終戦後のそんな空気の中で、私はコルベ神父という人の存在を知ったのである。初めに読んだのはホホフートという人の『神の代理人』というレーゼドラマだった。

戦争中、ドイツがユダヤ人やポーランド人の絶滅を図るために、強制収容所に送り、何百万人も抹殺した事実はよく知られている。

そのような時に、一人の神父が、或るユダヤ人の代わりに、彼らがいつも胸につけていなければならないユダヤの星をつけて、自分がアウシュヴィッツの強制収容所に入り、身代わりに死ぬのである。

最近も私はこの本を、自宅の書庫で探したのだが、どうしてもまだ発見できていない。愛書家でない証拠である。したがって細部もうろ覚えのままである。

数年後に私は、この物語にはモデルがあることを知った。一八九四年にポーランドに生まれたマキシミリアノ・マリア・コルベ神父という人である。

この人は、一九三〇年に日本の長崎に来て、約六年間、初めて活字による布教活動を行なった。その後ポーランドに帰り、一九四一年五月二十九日、他の三百余人とともに、ポーランド領内にあるオシエンチムに収容された。ドイツ名・アウシュヴィッツ強制収容所として有名になったところである。

当時、アウシュヴィッツでコルベ神父と共に、死体を焼却炉に運ぶ仕事をさせられたヨゼフ・ステムレル博士は、拷問の後の苦悩を浮かべたまま死んだ遺体のむごたらしさに、足がすくんでいた。すると背後に声を聞いた。

「聖母マリア、我らのために祈ってください」

人間としては、耐えられる限度がある。しかし聖母の助けがあれば、どんな苦しみにも何とか耐えられる、と博士は気がついたのである。火葬の間も、当然、博士の心は震えていた。遺骨を取り出すという作業を終わる時、先刻と同じ声が聞こえた。

「主よ、永遠の安息を我らにあたえてください」

そうなのだ。死は決して何かの終わりではない。それは現世の苦労を終えて、神の元で永遠に休む時の変化なのである。博士はその時やっと声の主が、コルベ神父であることを知った。

神父は周囲の人々に、

「苦しみは何ものも作り出す力を持ちません。愛だけが一切を生みだす力なのです。苦しみは私たちを屈伏させるものではなく、もっと強くなるように助けるものでなければならないのです。私たちの後に生き残る人々が幸せであるために」

と言い続けた。

その年の七月三十一日、コルベ神父のいた第十四号舎から逃亡者が出た。警察犬が駆り出されたが、収容所の付近の土地は沼が多かったので、追跡できずに帰って来た。その罰として、同じ十四号舎の囚人たちは三時間以上も気を付けの姿勢で立たされ、食事も与えられなかった。夜九時頃になってやっと大鍋一杯のスープが眼の前に運ばれて来たが、その中身は彼らの眼の前で、これ見よがしに捨てられた。

収容所長のヘスはこの事件が起きる一カ月前に、一人でも逃亡者が出た場合には、その罰として十人を、第十一号舎の地下室に完成していた餓死刑室に閉じ込めて殺す、という刑罰の方法を考え出していた。

後年、アウシュヴィッツを訪ねた時、私はその部屋の前に立った。それは（私の記憶の中では）日本風に言うと、十二畳ほどの何もないコンクリートの室で、刑罰を受ける囚人は、逃亡者が見つかるまで水も食料も与えられずに放り込まれるのである。

逃亡者が発見されないまま一夜が明けた翌朝、衰弱しきった体で更に一食抜かされた囚人たちは、またも不動の姿勢をとらされた。

「一時間は一世紀かと思える長さに感じられた。日は彼らのいが栗頭を灼《や》いた。彼らの喉《のど》は飢えのために次第に乾き上がり、彼らの筋肉は恐るべき拘束のために、ねじくれそうになった」という元囚人の証言もある。

収容所の司令官フリッツは、恐怖に立ちすくむ囚人たちの前を歩きながら、アトランダムに餓死刑室に入れられる十人を選んだ。彼のゆったりとした歩調は「葬送行進曲を思わせた」という。その時選ばれた一人の軍曹はすすり泣きながら呟《つぶや》いた。

「かわいそうに。女房も子供たちもさようなら」

彼はフランチーシェック・ガイオニチェック軍曹であった。その時、コルベ神父は司令官の前に進み出て言った。

「私はこの中の一人と代わりたいと思います」

そこにいた人々は驚きで魔術をかけられたように動けなくなった。

「誰のために死ぬつもりだ」

「彼のためです。妻子があると言った人の」

それは生涯、結婚することを自ら放棄した司祭でなければ言えない独特の表現であった。

「一体お前は誰だ」

「カトリックの司祭です」

「よろしい」

そばにいたSSは「五六五九」というガイオニチェック氏の囚人番号を消し、かわりにコルベ神父の「一六六七〇」を書き入れた。

それから神父はその死刑室で、ほぼ十四日間を、他の囚人と共に過ごした。私たちは日常、水を三日飲まないと死ぬ、などと言われている。恐らく囚人たちは早く死ぬことを願っただろうが、三、四日で死んだ人は少なかった。彼らの中には、自分の尿を飲んでいた人もいた。

コルベ神父は十人のうち、一番最後まで生き延びた。他の死んで行く人たちを見送らねばならない、という神父としての使命感もあったのかもしれない。八月十四日、神父は虫の息でまだ生きていたが、ナチは神父にフェノールの静脈注射をして「始末」した。

神父の遺体は他の死者や死刑囚とともに、高性能の火葬用の炉で焼かれ、その灰は他の人々の遺骨とともに撒《ま》かれてしまったから、神父の墓というものはない。しかし強制収容所の歴史の中でも、他人の身代わりになって死ぬと自ら申し出た人は、コルベ神父一人だったという（一説には、もう一人いたというが、私の調査の範囲では明らかにならなかった）。

私は、コルベ神父の生涯を『奇蹟』という題でカトリックの雑誌に連載することになった。完成した作品は、現在、文春文庫からの古い版が私の手元にわずかな残部が残っているだけで、もう手に入らない。

しかしその作品を書くために、私はコルベ神父の生まれた土地、神父が創立した「聖母の騎士」という修道院、そしてアウシュヴィッツ、それからローマと、あらゆる土地を訪ねた。

当時のアウシュヴィッツは、今のように一種の歴史博物館風に整備されてもいなかったので、生々しく寒々しい光景の中に、ほんとうに生きていた頃の囚人が現れてきそうだった。

私は縞模様の囚人服を着せられた囚人たちの写真がびっしりと掛けられた廊下を歩く時には、両側から、彼らの亡霊に腕をつかまれるような気がした。「私のことを忘れないでくれ」「私の生涯も書いてくれ」「私のことは誰が覚えていてくれるんだ」「私にはしたいことがあった!」という叫びとともに、腕をつかまれそうな気がしたのである。

私は眼を伏せてその声から逃れるように廊下の真ん中を歩き、ローマに着いた夜、生まれて初めてかなり激しい不整脈を起こした。

ポーランドでは、私は他に最初から大きな目的を持っていた。コルベ神父に身代わりになってもらって命を助けられたガイオニチェックという軍曹が、その後どうなったかを知ることであった。

私は日本のイエズス会で働いていられたオバウンク神父がちょうど休暇中でポーランドに帰省中だったのを幸い、ガイオニチェック家を訪ねる時も同行していただくことをお願いした。

ガイオニチェック氏は、生きてアウシュヴィッツを解放されたようだった。十人の死刑囚の一人に選ばれた時、彼は「ああ、私の妻や子供たちはどうなるんだろう」と言ったのだから、妻も子もいたことは間違いない。

一九四一年に生まれていたのが下の子供なら、私の訪問時にはすでに三十一歳になっているはずであった。とすればもう孫もいるかもしれない。その孫が同じ家にいて、インタビューをする私の足元を賑《にぎ》やかに這いずり廻っていたら、気を取られて必要な質問もし忘れるのではないか、と私はそんなことまで気を廻していた。

ガイオニチェック氏の家は、ブジェックという田舎町にあった。秋が深まっていて、プラタナスの葉が黄色く染まり、何の理由でどこで会ったのか忘れたのだが、オバウンク神父の知り合いだという詩人は、古びた背広の胸のポケットに、ハンカチ代わりにその葉をさしていたのを今でも覚えている。

ガイオニチェック氏の家は静かな住宅地の大きな三階建ての家の二階部分で、ドアの外にある一種の靴置き場の一番上の棚に、むき出しの大きな丸いパンが置いてあった。夫人も出て来て、私は静かにインタビューを始めた。

しかしそれにしても静かすぎるのである。孫の気配もない。窓枠に止まる雀の「ちゅんちゅん」という声もはっきり聞こえるほど、あたりは静寂に包まれていた。その中で、私は初めてガイオニチェック氏の戦後の生活を尋ねる部分に入った。

神父に死刑囚の立場を代わってもらった後、ガイオニチェック氏は再び死の危険にさらされた。発疹チフスに罹《かか》ったのである。患者たち三百人は、翌朝ガス室送りにされることに決まったが、その夜、ポーランド人の医師が、ガイオニチェック氏の代わりに「死に立て」の死体を置いて数を合わせ、ガイオニチェック氏はその危機を乗り越えた。

一九四四年十月、ガイオニチェック氏はベルリンに近いザクセンハウゼンの収容所に移され、ソ連軍によって解放される一九四五年四月二十五日までそこにいた。もっとも家に帰れたのはその年の十一月十日だった。

その話の後で、ようやく私は尋ねた。妻は私の眼の前にいるのだから、後は子供たちの現在を聞けばいい。

「息子は二人いましたが、二人とも死にました」

通訳のオバウンク師が伝えた。

一九四四年八月、一家が住んでいたワルシャワでドイツに対する暴動が起きた時、当時十八歳の長男ボクダンは聖書を肌身離さず、しかし銃を取って戦うような愛国青年であった。弟のユリウスは当時十五歳だった。

その後一家は、ラーマ・マゾヴィエッカに移り住んだが、その町は翌一九四五年一月十六日、ソ連軍のすさまじい空襲を受けた。ガイオニチェック夫人はその日、姉を訪ねて別の町にいたが、帰ってみると二人の息子たちは空襲を受けて壊れた家の下敷きになって二人とも死んでいた。

ガイオニチェック氏が帰宅した時、夫人は姉の家に身を寄せていたが、夫に「あなたは、私たちの家族に何が起こったか知っていますか」とだけ言った。その言葉でガイオニチェック氏はすべてを察し、夫婦は泣きながら息子たちの墓に会いに行った。

この話をした時、ガイオニチェック夫人はいたたまれずに席を立って奥に消えた、私は後を追って、初対面の言葉も分からない夫妻の寝室に入り、そこでガイオニチェック夫人と抱き合って泣いた。傍にきれいに洗濯されて畳まれていたリネンがあったので、私はその一枚を取って夫人に渡した。

私の心のどこかに、人が命をかけてまで守ろうとしたものなら、それは報いられるはずだ、という予感があった。コルベ神父は二週間に及ぶ餓死刑に耐えて、この一家の幸福を守ろうとしたのだ。しかしそれでもその願いは叶えられなかった。そんな厳しいドラマの筋書きは、現代ではめったにない。善意は報いられるのが当然の世の中になって来たのである。

しかしガイオニチェック夫妻は、恐らく脱《ぬ》け殻《がら》のようになって、戦後の夫婦だけの暮らしを守らねばならなかった。コルベ神父の偉業を世に伝えるためである。「友のために自分の命を捨てること、これ以上に大きな愛はない」(ヨハネによる福音書15・13)と聖書は言う。その言葉が存在したことを明らかにするために、ガイオニチェック氏は、その証人として生きる道を命じられたのであった。

一九七一年、ヴァチカンは異例の速さで、コルベ神父を証聖者として「福者《ふくしゃ》」の席に上げ、一九八二年には「聖人」の位に上げた。その盛大な列聖式に、全世界から何十万人もの人々が集まったのである。あの小さなヴァチカン市国の領土の中には収まり切れなかった人々は、何万人もイタリア領の大通りを埋めつくした。

それは人間として命の極みを捧げて他人を救おうとしたコルベ神父のような行為を、

果たして自分なら取れるかを考え、神父の行為の偉大さを讃えるためであった。

その日私は、コルベ神父の伝記作家として、教皇ヨハネ・パウロ二世自らが執り行なわれた祭壇に近い席を与えられた。この日の行事は祝いではあったが、人々にお祭り気分はなかった。列席者は跪《ひざまず》いて祈るか、額に手を当ててじっと沈思黙考していた。自分は果たして人のために死ねるか、という命題が、すべての人の良心の上に重くのしかかっていたのである。

私は少し離れた席にガイオニチェック夫妻がいるのを見ていたが、声を掛ける気にはならなかった。

ミサが終わると、教皇は司教団を従えてサンピエトロ寺院の方に退場しかけた。そしてその途中で、急に立ち止まって、再び祭壇の方に戻った。何か忘れ物をした、という感じの引き返し方だったが、祭儀の時には、助祭たちがたくさんいるので、教皇自身が忘れ物をすることはないのである。

教皇が戻った場所は、大勢の出席者からも、マスコミのカメラからも見えにくいところだったが、私の座席からはよく見えた。教皇は戻ってこられると、一人の人物をお呼びになり、その人物を、イタリア風の優しさでお抱きになった。

相手はガイオニチェック氏であった。

改まって聞いたことはないし、そして元軍人らしい肉体の姿勢とともに、精神の姿勢も常によかったように見えるガイオニチェック氏は、決して弱音らしいことは吐かなかったのかもしれないが、二人の子供を二人とも失って、自分の人生の生きる意味さえも見失ったように感じたことはあるだろう。もしかすると世間の彼に対する眼は、さらに厳しかったかもしれない。自分の身代わりに一人の神父を死なせた罪は重い、というような非難の仕方だ。

しかし教皇は、ガイオニチェック氏の現世の任務を見通していた。それは生き抜いて、コルベ神父の行為を証することだった。愛というものの厳しい実態は、ガイオニチェック氏という一人の人物の存在を得てこそ、陰影を持って伝えられたのである。その任務の辛さに対して、教皇は改めて労《いたわ》りと感謝を示されたのである。

この場面はイタリアのテレビ放送局ライでも放送されなかったという。私はしかしこの眼で、密かなドラマをはっきりと見たのである。

第2章

静かな週末

我が家の日曜日は静かなものだ。一面では、高齢社会に転じた現代の日本の典型的な一家の姿とも言える。八十代以上が三人で暮らしているのである。

ただ私がまだ週末でも普段の日の半分くらいは仕事をしているので、いつの間にかその日だけ手伝いに来て下さるMさんという女性が、夫婦二人だけの生活に加わるようになった。彼女は九十一歳。しかし体はきびきびと動いて、普通の家事はできる。お裁縫の仕事にかけては、無能な私は足元にも及ばない。

五十年以上経った古い家の屋根の下で、週末に暮らす中で一番若い？　のが、八十四歳の私だ。次が八十九歳の夫。だから私はその日は少し奮起する。自分が一番若いのだから、持病のシェーグレン症候群を口実にあまり怠けて暮らすな、と自分に言い聞かせる。

しかし私の家では、この高齢の三人が年なりに働いている。Mさんも一応きちんと我が家と契約して働きに来てくれているのだから、私は冗談半分に「この家の屋根の下にいる人は、皆、勤労者なの」と言う。夫も私も、まだ細々と書いている。遊んで食べている「御隠居さま」は一人もいないことになる。

我が家は、自家が仕事場でもあるので週日には秘書たちが来る。「秘書たち」が必要なほど、私は盛大に仕事をしているわけではないのだが、三人の女性たちは、皆若い頃、つまりまだ娘時代に、数年とか十年とかを我が家の秘書として働いた後、一度結婚のために退職し、その後子供がある程度の年齢に達した時に戻って来てくれた人たちである。

私は自分の体験から、赤ちゃんや幼児を抱えながら、母親が男と同じように外へ出る職場で働くのは無理、という考え方なのである。私くらいのいい加減な仕事でも、今日は秘書の子供さんが熱を出したので早く帰りました、では済まなかった。

だから結婚して子供ができれば一旦退職して、数年は子供に掛かり切るのが、母子双方にとって自然で幸福なのだ、と思っている。というか、子育てはそれほどの価値のある仕事なのだ。

しかしそのような考え方自体が女性の社会進出の妨げになるからケシカランと始終言われている。しかし仕方がない。

若い頃、私は一時は自分の収入のすべてを子供を見てくれる人に払っていた。そのうちに、子供が少し大きくなった時、同居していた実母が見てくれるようになった。こういう家族形態を作るまでには、その家固有の長い歴史がある。そんなことをいちいち外に説明する必要もない。

しかしそれで母は、自分が半分娘のために働いているような気分になり、いわゆる心理的「居所」を得た面もある。理想的ではないが、それが我が家の家庭の姿としては一番自然だったのだ。

私の考え方を非難する人たちは、私がほとんど「女性は結婚して子供を持ったら仕事を辞めるべきだ」という思想の持ち主だ、というところで話を打ち切ってしまい、私の家では結婚を機に一旦辞めてもらった歴代秘書たち三人を、全員「再雇用」しているということにはまるで言及しない。おかしな話だ。

私たち夫婦はこの秘書たちを、今では娘のように感じている。だから毎日来てくれるのが、賑やかで楽しみなのだ。ほんとうのところうちは政治家の家ではないのだから、常時三人の秘書の手が要るほど忙しくない。それで三人はいわゆる「ワーク・シェアリング」してくれている。一人だけが毎日、後の一人が週三日、もう一人が週二日の出勤である。

私たちがけちだということを知っている秘書たちは、自分たちで名刺というか、出勤の票を作った。誰と誰が何曜日の出勤、まで書いてあるらしいが、つまり名刺屋さんに発注したのではない手作りだから、受け取って笑っているお客さまもいらっしゃる。しかし「よくわかって便利ですなあ」と言うわけだ。

八十四歳になる私は、軽い膠原病《こうげんびょう》もあって元気潑剌《はつらつ》というわけにはいかないけれど、それでも料理も好きだし、ほそぼそと家事もこなせる。しかしうちには中年の秘書たちの他に、再雇用がもう一人いる。それが週末だけ来てくれる、現在九十一歳になるMさんだ。

先日記憶をただすために聞いてみると、Mさんが初めてうちに来てくれた時は五十代だったという。それから一度辞めて、再び週末の、お客もないような日にだけ来てくれるようになった。

Mさんはもう家もあり、さしてお金は要らない境遇だと思う。しかし娘さん一家は地方に住んでいて、今は一人暮らしだから、普段、人と会わず誰とも口をきかない日もある。食べ物だって、多くの女性がそうであるように、夫や子供がいないと、残り物のお茶漬けでご飯を済ませることもある。

その点、うちへ来れば、私の家にはいわゆる「残り物」もあるし、私がほんの少し張り切って、栄養のバランスも悪くなさそうな献立を作ることも多い。言うまでもなく、私のお得意の「手抜き料理」である。

その上Mさんは、アメリカでもヨーロッパでも暮らしていたことがあるので、私が作ったらうまくいかないスペアリブを、こってりした味で焼いてもくれる。

今まで食べたこともないようなチーズに手をつける時には、私は必ず「Mさん、このチーズ、どこまで食べられるの？」と聞いて教えてもらっている。私は外国で生活をしたことがないので、マスタードやピックルスの使い方もよく知らない。全部Mさんに教えてもらう。

Mさんは、誰が見ても、せいぜい七十代の後半にしか見えない。身のこなしもしっかりしているし、第一私と違って身だしなみがいい。髪も毎晩セットするし、朝は薄化粧している。私のように、髪振り乱したまま、二階から降りて来るようなことはない。

しかし年は年だ。疲れさせてはいけない、と思って、週末になると、私は少し奮起する。この屋根の下で私が一番若いのだから、働かなければならない、と自分に言い聞かすのは悪くない。

しかしMさんはお世辞かもしれないが、うちに来るのが楽しみでもある、と言ってくれる。月曜日になると電話がかかって来て、私が喜んだりぶつぶつ自分の失敗に文句を言ったり、電話を切ってからことの成り行きを喋ったりしているのを聞いているのはおもしろいという。私の家にはほとんど秘密というものがないから、何から何までことの次第は筒抜けである。

雑誌と新聞は、私の仕事柄家中に溢れている。私はすぐ始末するのだが、Ｍさんは自然に今年のファッションにも目を通すことになる。週刊誌も時には読むだろう。つまり我が家には浮世の風が吹き通っている。

浮世の風で必要なものは大してないが、それがつまり世間というもので、人を生き生きとさせる面も持っている。Ｍさんもそれをおもしろがっていてくれる。そして火曜日の昼頃に家に帰ると、さぞかし疲れきっているだろうから、静かに休めるという幸福を満喫するだろう。人間は疲れることもまた、幸福の源なのだ。

先日、夫がほぼ七十年ぶりに、二週間だけ入院した。二十代に盲腸の手術をして以来、病院に入ったことがない。どう悪かったのかと言われると、私も説明が難しいのだが、つまり年なのだ。消化も悪くなって食べなくなったのである。

夫はもう八十九歳だし、私たちはこの年になったら治療はしない、という約束になっていたので放っておこうかと思ったのだが、食事の不足によって、電解質が足りなくなると吐き気がしたり、気分が悪い、ということを知っているので、その調節に入院させていただくことにした。生きている以上、大体一人で「人間をやっていけない状態」になると当人も周囲も不幸になる。

ところが病院でも、彼の生活の状態を引き下げるような環境があった。病院の廊下を歩くのも、看護師さんの付き添いがないといけないという。膠原病《こうげん》の私よりずっと素早く長く、どこへでもすたすた出かけていた人が、にわかに床についている時間が長くなったのだから恐ろしい。

それと枕元が暗くて、本が読みにくいと文句を言う。「僕は活字人間だから、身辺に本が散らかっていないと落ち着かない」とも言う。うちでは秘書たちとも私とも昼間始終喋っているのに、病院でにわかに静かに沈黙の生活をするようになったら、みるみる反応が鈍くなった。

それまでは毎日渋谷まで電車に乗って本屋さんに行き、本を買いあさり、名店街で「女房に頼まれたもの」を買い、電車の中では無言のうちに、最近の女性風俗をしみじみ眺めて楽しんでいたのに、そうした刺激が一切なくなったのだ。

八十歳を過ぎると、人間はほとんど数日のうちに衰える。歩かなければ歩けなくなるし、刺激がなければ惚《ぼ》ける。怖ろしいほど早く変化が来る。惚けて退院してこられても私は困るのである。何のために入院させてもらったのかわからない。

それで幸い、少し悪かった腎機能も回復し、普段の性格である「ワルクチ」も素早く出るようになったので、元気が取り戻された証拠として、胃腸の具合の悪さはまだ残ったまま退院して来た。医療というものはほんとうにありがたいものである。

しかしその間に、Ｍさんと私は、家の中の整理整頓に奮闘した。古いテーブルクロースや花瓶敷きは捨て、全部新しいものに取り替えた。不要の箱類は捨て、籠や笊《ざる》の古いものも整理し、家中の空間を広くした。病人が少しでも不潔なものを着なくて済むように、洗えるズボンも買い足し、パジャマも新調した。

夫はもともと私よりは身だしなみがいい人で、ベージュのズボンにはそれに合った色のワイシャツしか着ない。冬は毎日セーターを着替える。私は自宅では、一枚のセーターを汚くなるまで着て、それでやっとクリーニングに出すのだから、性格は正反対だ。

病人の癖に、ズボンの色と合わない靴下など出すと自分で履き替えに行く。その「うるさい」病人の好みを、どうしたら手を掛けないで満足させられるかが、Ｍさんと私の整理の手腕でもあった。

そうした日々の間に、台所のテーブルの上でＭさんとサヤインゲンの筋など取りながら、私はほぼ同じ時代に生きた人間として、来《こ》し方を話すことがあった。こうした台所仕事は二人でするると、一人でするのの三分の一くらいの時間で済んでしまうから、私は「協働作業」が好きなのである。

お互いにもう、年だから行く末はあまり喋らない。Mさんのことは分からないが、私は冷たい性格なのだろう。日本の将来がどうなってもあまり心を痛めない。

戦争の悲惨さを語り継いで、災禍《さいか》が二度と起こらないように語り部をして余生を送る、という人もいるが、現実のあの戦争の日々を語り継げるような表現力のある人は、どこにでもいるものではない。いたとしても、若い人の心にはしみ通らないだろう。だから自分からそうした人間の精神の裏面を研究しようという若者以外、老世代の体験など後世の役には立たないものなのである。

しかしおかしかったのは、Mさんも私も、自分たちが体験した戦争中の悲惨な日々を、一種の心理的財産と考えていることだった。それにも条件があるだろう。戦争中に父や恋人や息子を失った人と、Mさんや私のようにひたすら物のない貧しい暮らしをした人間とでは、戦争に対する「恨み」の度合いも違うだろう。

もちろん二人とも、戦争中の貧しさ、不便さ、行動の制約、食糧の不足、そして生命の危険の予感などの体験が、楽しかったというのではない。しかし私たちは仕方なく、それに耐えて来たのだ。

Ｍさんは始終、我が家で「今晩はお残りをいただいて済ませれば、ちょうどいいんじゃないですか？」と言ってくれる。別に食べ散らした残りではないのだが、私は他人に、残り物を出すのは常に少し気が引けている。

でもその日は、前夜、私が作った肉ジャガを食べることになったのだ。頂き物の肉が上等だったせいで、その肉ジャガは意外とおいしくできていた。しかし量は、二人分にしたら少し足りなかった。私は「じゃ、シシャモを焼いて足しましょう」と言った。私はシシャモをさっと焼いて、アタマから尻尾まで食べるのが好きで、お茶菓子代わりに食べることさえある。だから骨密度がいい。

「じゃ、一匹ずつ」

ということになったのは、私がけちだからではなく、二人共老人で、そんなにたくさんはおかずも食べられないからである。それにシシャモを丸ごと一匹食べれば、カルシウムもタンパク質も少し補えて、老人食には悪くない、と思ったのでもあろう。他に私の大好物の、キャベツの古漬けもある。これを刻《きざ》んでご飯に混ぜてほんの数滴お醤油を垂らして香りをつける。私はこれが大好きなのである。

考えてみると、Mさんと私は、若い時、貧しさの中で生き抜く方法を習った。親たちからも習ったし、否応のない世間の厳しさからも習った。屋根の下や、畳の上でないと眠れないなどという甘いことも言える状態ではなかったし、おかずがなければご飯が食べられないなどという贅沢も言えなかった。

今でも私は、衛星放送がしばしば流している外国製の番組で『生き残りの方法』とでも言うような番組をよく見ている。もちろんそれは実験的なものだが、私は自然の草の葉を編んで紐を作り屋根を葺《ふ》き、イモムシや爬虫類を食べてタンパク質の補給をする方法を真剣に見ている。

こういう事態になることはもう多分ないだろう。こうなったら、私のような老人はさっさと死ねばいいのだ、と思いながら、何かの時に役に立つかもしれないなどと思いつつ見ている理由は、老人は死んでも、若い人を生かさねばならない状況は、いつ発生するかわからないからだと思っている。

Mさんも私も、貧しさを受け止めて生きる方法に耐えられる、という自信がある。決して「輝いていた日々」とは言えないが、生きる自信を基本的につけてもらえたのだ。

贅沢に鰻や鮎を食べる日も嬉しいが、日にメザシ一匹あれば、極度のタンパク質不足には陥らないだろう、と計算しているから、不足に対する過度の恐怖心もない。停電の日のために蠟燭《ろうそく》は用意してあるし、水の備蓄もある。

「私たち、貧乏の仕方を知っているという財産を持っているのよねえ」

とＭさんと私は言う。そして週末はＭさんの協力のお蔭で、我が家の冷蔵庫で消費すべきものは順序よくすべて食べられて捨てられることはないし、要らないものは燃えるゴミとして出され、古い布類は新しいものと変えられて清潔になり、五十年以上経つ古い家も、どことなくすがすがしいものになる。

「貧乏を知っていることが財産」などと、今は誰も思わなくなったのに、私たちの体験は生きているのだ。

第3章

敷石を敷く人

私の一生に画期的な事件があったとすれば、その一つは、五十歳で私がかつてなかったほどの視力を得たことである。私は生来の遺伝性近視で、満六歳、つまり小学校に上がる頃からもう視力は十分でなかった。近年私の従姉の孫に当たる青年が、小児眼科の医師であるということを知って、私はそういう特別な科があることにびっくりした。

「何しろ子供さんというものは、視力障害を自分からは訴えられませんので」

と彼は言った。ほんとうにそうなのである。大人だから、「この頃、どうも眼がかすむ」とか、「二重に見える」とか、文句を言う。しかしたとえば一歳未満の子供の眼の異常は、どのようにして誰が気がつくのだろう、と私は改めてことの重要さに気がついた。

私の眼は、やがてどう矯正しても視力が出なくなった。自動車免許証に合格する限度がやっとであったが、三十代に聖書の勉強を始めると、聖書そのものを毎日のように読むのが大変になってきた。聖書の本文はいいのである。しかしそこに8ポイントかそれよりもっと小さい字で、1節とか31節とかいう区分がしてある。それを見るのが辛い。

私は同時に、ユダヤ教徒として生きたイエスの生涯を知るために、独学でユダヤ教の勉強も始めたが、その唯一最大のテキストとでも言うべき『ミシュナ』(ユダヤ教の教師たちの口伝を紀元二世紀に成文化したもの)にも、その手の細かい註が無数についていた。

ちょうどその頃、私は資料が必要な連載をいつも数本抱えていて、そのためにもいっそう眼を酷使しなければならない状態になっていた。私は肩こりと頭痛に始終悩まされ続けた。しかし基本的には書くことが好きだったし、私は小説家が基本的に要求される程度には「凝り性」だったから、関係書類を飽くことなく読んだ。

もともと「あなたの眼は蠟燭《ろうそく》のようなものです。一生でどう使うか考えて」と言われていた眼である。つまり一本の蠟燭はずっと燃やしっぱなしにして数日で使い切るか、本当に必要な暗闇でだけ灯して、かなり長い間「使い物」にするか、ということだろう。

しかし四十代の終わりに私の眼の力は、最悪の状態に陥った。ストレス性だといわれる中心性網膜炎《ちゅうしんせいもうまくえん》（一種の眼の湿性肋膜炎《しっせいろくまくえん》のようなもの）がしかも両眼に一度に出たのである。とにかく見ようとする中心の部分が見えない。この病気を、網膜に引きつれを残さずに治すには、ステロイドを打つ他はなかった。

私は長い針が、自分の眼球に刺さるのを見ていたが、そのお蔭と、精神の重圧になっていた六本の連載をすべて中断することで、私はこの病気が、繰り返して起こる危機を免《まぬか》れた。

しかし今度はステロイドのために、私はまだ四十代で若年性の中心性白内障にかかった。黒目は真っ黒なのに、視力の障害が大きい。私はバスの行き先を示した大きな数字の文字盤も見えなくなった。飛行機に乗る時も、ゲートの番号が見えないから、あらゆる知恵と感覚を働かせて自分の行く先を探した。

現在では白内障は、ほんの十分で終わる簡単な手術だといわれている。しかし当時はまだ硬く固まっていないかき氷みたいな水晶体を吸引する方法も一般的ではなかった。それに、先天性の強度近視には、同じ白内障の手術でも様々な危険が伴った。手術自体にも賭けの部分があったが、予後の視力もあまり期待できない、と言われていた。

私はなまじっか作家として少し名前が知られていただけに、東京で名の通った眼科医から、手術を敬遠された節がある。もし私が視力を失うと、その世界で「誰が彼女の手術をしたんだ」ということに繋がるかもしれなかったのだろうか。

結果的に私の眼の手術を引き受けてくださったのは、藤田保健衛生大学病院の馬嶋慶直先生だった。当時はまだ極めて新しかった超音波破砕法で私は両眼の手術を受け、途中を省いて言えば、予期する以上の素晴らしい視力が出たのである。生まれてからずっと五十年間、私はものを、明瞭に見たことがなかった。もし眼鏡をかけなければ、私はすぐ前にいる人の目鼻だちも識別できなかった。

それが裸眼で、私は遠くの物さえ、溢れるほどの澄んだ色彩と共に明瞭に見えるようになったのである。

私はしばらく経ってから、全く神から与えられたこの贈り物に対して、少しはお返しをしたいと思うようになった。

手術前の私は、外国に行っても、遠くの景色や教会の天井絵などを、ほとんどまともに見たことがなかった。同行の夫が、まず細かく描写をして、由来を講義してくれ、私は図版や絵はがきを必ず買って、美術館の収蔵品などは自分の眼で至近距離から見たような気分にしていた。

どういう説明をしたら、視力のない人が旅に出て十分にあたりを見聞きした気分になるか、私ほど分かる者はいないだろう、と私は思ったのだ。

結局数年後に、私は親しかった長崎の坂谷豊光神父を指導司祭にお願いして、視力障害者の聖地巡礼の旅に行くことにした。初年度は、眼の不自由な人たちとそのボランティアだけだったが、やがてこの旅の気楽さが知られて来て、車椅子などの身体障害者たちも来てくれるようになった。

もちろん毎回、正式のガイドさんが知るべき知識はすべて教えてくれるのだが、たとえば「右の森の奥に見えている教会」はどういう教会でどんな風に見えているのかを、その場で細かく伝えるのが私の役目だった。

　こうした障害者と健常者が、全く同じ旅費を払って、助けながら旅行するという企画は、当時まだ一般的ではなかった。この旅行は結果的に二十三年間、二十三回続き、確実にのべ一千人以上が参加してくれたのだが、或る年、そこにいた看護の関係者が言っていた。

「ほんとうに、これで何となくうまくやってるんですよねえ。これを厚労省の規定に合わせて人員を揃えようとしたら、全く成り立たない旅行なんだけど、現実はうまくやれてるのよねえ」

　もちろんこの旅行が出来たのは、健康な参加者のすべてが、他人のために働きたい、と思ってくれたからなのである。いや、私は時には障害のある人にまで働いてもらっていた。

　初期の頃の旅行に、全盲で、盲学校の体育の先生をしている方が来られた。いい体格で、柔道の先生だと聞くとなるほどと思った。彼は白杖をついていたが楽々と歩き、姿勢もよかった。一方、私たち「おばさん連」が、小砂利を敷いた道などで車椅子を押す時は、情けないほど皆が息を切らしていた。私は思いついて体育の先生に言った。

「すみませんけど、あなたも車椅子を押すボランティアをしていただけます？」

「僕は……見えないんですが」

ちゃんと白杖をついておられるからわかっているのである。

「ええ、でも力持ちみたいでいらっしゃるから。方向は、車椅子の方ご自身が教えますよ。もっと左、とか、少し右とか言えばいいでしょう」

体育の先生は驚いたようだった。しかし手始めに舗装した広い道で、この実験は行なわれた。押す方も押される方も最初は緊張していたが、何しろ力持ちが押しているのだから、何の問題もない。最初は私がついて、口頭で方向を指示した。すると勘のいい先生はすぐに慣れ、昔からこの仕事をし慣れているみたいになった。

「ああ、楽だ」

と私は言った。

「あなたのお蔭で、何人もの腕力のないおばさんたちが、うんと楽してるのよ。あなたは疲れるでしょうけど」

「いえ、こんなこと、なんでもありません」

私は、障害者にもボランティアをしてもらえることを知った。お昼のご飯になった時、今度は午前中、車椅子を押してもらっていた足の悪い人に言った。

「すみません、ちょっと手が足りないので、お眼の悪い方のご飯の手助けをしていただけますか？」

その人も大喜びだった。人の役に立てるのである。盲人に方向を教える時は、時計の時間を使う。お皿の十時から二時の間にビフテキ、二時から四時の間がマッシュポテト、四時から八時の間にほうれん草と教えれば、たいていの人が一度聞いただけでお皿の上のものの位置を覚える。車椅子を使うほとんどの人が、この仕事を買って出てくれて、ボランティアが不足かもしれないという不安は、たちどころに解消した。

旅行の直前になって、旅行社から電話が掛かって来たこともあった。

「女性のお客様のお一人で、車椅子の方なんですけど、どうしても聖地に行きたい。死んでもいいから行きたいと言っておられますが」

情緒欠損症のような私は答えた。

「ご当人が、死んでもいいとおっしゃってるなら、それでいいじゃありませんか」

「しかし、医学的に言うと、主治医は無理だといわれるらしいんですが……」

「トイレさえ、車椅子を使って何とかなるなら、大丈夫ですよ。いらしたらいいわ」

私は成田空港で初めてこの方と会った。明るい中年美人であった。何の病気か聞く必要はない。彼女は実際に小さな箱（骨箱）に入って帰ってくることになるかもしれないと思って、関西地区の空港で、見送りに来てくれた教会の神父と、抱き合って別れを告げて来たというのである。

しかし旅を始めてみると、この方はどうしても死にそうな重病には見えなかった。それで私は彼女と親しくなり、毎日少しイヤミを言うことにした。

「おはようございます。あら、まだ死なないの？」

二人は笑い転げ、周りの人は呆気に取られて見ていたが、次第にそういう会話が奇異に感じられなくなったようで助かった。

「おはようございます。今日もまだ生きてたのね！」

「生きてますよ！」

死んでたまるか、という感じでもある。結果的にこの方は、全く元気で全行程に参加して帰国した。主治医のところに検査に行くと、ほとんどのデータがよくなっていた。

神さまの職業の一つは、医師だったのだな、と私は気がついた。

或る年、私たちは全く体が動かない女性と同行したことがあった。それでも、男手のボランティアの力を借りて、私たちは毎日お風呂に入れた。するとグループの中で、ひときわ静かで大声も出さないような婦人が、そうした特殊な病人の入浴に関して、非常によく知っているのが分かった。

人を利用するのがうまい私は、すぐにこの人を心の中で「入浴隊長」にした。その人の言う通りにすると、楽にことが動くのである。周囲に言うと毎日入浴の世話をしなければならないという心理的圧迫になってもいけないから、私は黙っていたが、この人自身には「私はあなたのことをそう思って感謝しています」とこっそり打ち明けたのである。

「どうしてそんなによくご存じなの？　看護の専門家でもいらっしゃらないんでしょう？」と言うと、この人は、「昔、長い間、姑に泣かされましたから」と言った。恐らく姑という人は体が不自由で、嫁に世話をしてもらいながら、礼も言わず、むしろ威張って、扱いが下手だとか気が利かないとか、文句を言ったのであろう。しかし彼女は、その時の技術をしっかりと身につけていたのだ。

「あなたはお辛かったかもしれないけど、この旅行で体の不自由な方が毎日気持ちよくお風呂に入れるのも、そのお姑さんとあなたからと、お二人の贈り物なのね」と私は言った。するとその静かな女性は、喜びも示さず、反対の言葉も述べなかったが、ただ無言で泣いた。世の中でほんとうに重大なことは、決して単純ではなかった。私が礼を言いきれるようなものでもなかったが、もっとも率直な幸福感というものを病気の人に与えてくれるものでもあった。

巡礼者の多くは女性だったが、後年一人の特異な風貌の男性が何回か参加してくれるようになった。それは私が土木の勉強をしている時に、大手ゼネコンの現場所長として私に技術を教え、現場の人間的空気を懇切、丁寧に解釈してくれたＳさんという人だった。

私が生まれて初めて、まだ生まれたままの深山《しんざん》の姿を留めていた長野県の高瀬川ダムのサイトに入った時、川はいつになく増水し、激流の中で小型トラックほどもある岩が、ゴツゴツグツグツというような音を立てて浮きながら流れていた。その左岸の岩の上に立って、入ってくる私たちを眺めていたのが、保安帽をかぶり、ピッケルを持って出水《しゆっすい》の具合を見ていた軍人のようなＳさんであった。

土木の現場には、特殊な呼び方がある。「土木屋」「機械屋」「電気屋」というような言い方であって、それは決して失礼な呼称ではなく、その持ち分を適切に表していて便利なものであった。Ｓさんは土木屋であった。

高瀬の現場でＳさんが責任者だったのは、「地下に丸ビルと同じほどのサイズの空間を掘り抜いて、そこに地下発電所の建屋を造る」ことだった。地下に掘り抜かれた空間は、「大魔王」の宮殿のような現実離れしたものだった。それだけの土砂を掘削するのに、昼夜を分かたず数十台の削岩機と巨大なダンプが轟音を立てていた。

Ｓさんは所長としてあるべき資質をほとんど備えていた人のように見える。厳しいようでいてユーモラスであり、時々ちょっとエッチなことも言ったが、それは女性が赤面して困惑するような手のものではなかった。そうした話が、敵対関係になりそうな緊迫した空気でも、即効的に穏やかに解きほぐすのである。しかし仕事に関しては決して手を抜かず、むずかしい局面に出くわしても動揺の色も見せなかった。

日本の民主化、近代化を成し遂げたのは、戦後の日本が良質な電気を安定して供給できたからである。良質の電気がない土地に民主主義は決して生まれない。その原則を私が知ったのは、この高瀬の現場だ。

Ｓさんは定年退職後、私の巡礼にボランティアとして来てくれるようになった。車椅子を押し、聖歌隊が携行している大型のピアニカをいつも黙々と背負って運んでくれた。

イスラエル国内が動乱で巡礼に行けなくなった年、私たちは北スペインのサンチアーゴ・デ・コンポステラへの古い巡礼路を採った。その途中私たちは小さな村の、慎ましいホテルに泊まった。ドミンゴ・デ・ラ・カルサーダという小さな町である。

「ドミンゴ・デ・ラ・カルサーダなんて聞いたことのない名前ですね」と誰かがいい、私たちはやがてそのいわれを知ることになった。

昔この村が巡礼路としてサンチアーゴ・デ・コンポステラへの道になると、毎日毎日多くの巡礼者が、杖の先に目印の帆立て貝をぶらさげてこの村を通ることになった。村の道はぬかるみ、人々は難渋した。その頃、この町に一人の無学な修道僧がいた。他の人たちはギリシャ語で聖書も読めるし、神学の素養もある。しかしこの修行僧には何の取り柄もなかった。彼は悲しみつつも自分にできることを考えた。そして巡礼者たちの足元を少しでも楽にするように、毎日一人で敷石を敷き始めた。

ドミンゴ・デ・ラ・カルサーダというのは「敷石のドミンゴ」というほどの名前である。それは彼が毎日毎日はいつくばって巡礼者たちのために敷石を敷き続けた姿に打たれた人たちが捧げた、一種の愛称であり尊称であった。

この話を聞いた時、Sさんは突然、「そうだ。僕は戦後の日本に敷石を敷き続けて来たんだ」と思ったという。資源のない日本で、市民からは自然破壊だと言われつつ、電力の安定供給のために黙々として各地の水力発電所の現場に立った自分の似姿が、すでにスペインにあったとSさんは思ったのだろう。

Sさんは間もなくガリラヤ湖のほとりで洗礼を受け、カトリックになった。洗礼名はドミンゴ・デ・ラ・カルサーダである。恐らく日本でただ一人の変わった洗礼名だろう。そのドミンゴも、今はない。

第4章

大統領の亡命（上）

読者はあまりお気づきではないだろうが、この連載(『WiLL』)には「その時、輝いていた人々」という通し題がつけられている。普通の解釈では、「その時、輝いていた人」と言えば、難しい大学の入試に受かったとか、長年希望していたマイホームが完成したとか、結婚後十年目にしてやっと子供が授かったとか、大臣や社長になったとかいう時だろう。

しかし私の心に映った他者の「輝く」瞬間というものは、もっと地味で、静かで、継続的で、内面的な表現を取ることが多かった。時には不運に向かっている場合さえあった。だから外的には、どこがすばらしかったのか一見分からないことさえある。しかし私には、その時のその人の「その人らしさ」や、力量が輝く時がよく理解できた、と思えることが多かったのだ。

私にも、時々そういう運命は密かに贈られることもある。それらは、もちろん秘密のまま、私が死んであの世に持って行ってしまっても少しも差し支えないような出来事なのだが、私も最近年を取って来て、大事ではない極く小事でも、記録しておいた方がいいかと思うことがあるようになった。

二〇〇〇年の十一月末、ペルーの日系大統領だったアルベルト・フジモリ氏が日本で亡命した。一国の大統領が日本で亡命したという例はそれまでにもなく、前代未聞のことだったし、第一、亡命などということは、どんなふうに行なわれるのだろう、という興味を持っている人はたくさんいるようである。もちろん渦中にいた私だって想像もできない事態だったが、その一部を語ることで、読者の答えにはなるかもしれない。

私は当時日本財団の会長として働いていた。ペルーと日本との間にも、財団の仕事はあり、日本財団は当時のお金で十三億円を拠出《きょしゅつ》して、ペルーの奥地・僻地《へきち》と呼ばれているような土地に、五十校の小学校を建ててもらうプロジェクトを、フジモリ政権との間で約束していたのである。

こういうことが実現した背後には、実にさまざまな理由がある。フジモリ氏が日系人で、日本人には基本的に教育が国を育てる元だという発想があったからであろう。それに政治的に生臭い仕事にお金を出すのは、私も真っ平であった。マララさんの言葉でなくても「教育が第一」であり、教育が自由な思想を個人にもたらすのである。フジモリ氏は熊本出身で、質実な母堂に育てられ、勤労を尊ぶ気風があった。

私自身は、それまでにも外国に対する援助のＮＧＯで働いていたので、一種自分なりのお金の追及の仕方があってもいいのではないか、と考えていた。お金が正しく使われているかを把握することは、お金を出してくれた人たちへの義務である。事実は知らないが、政府のODAなどは出しっぱなしで事後調査がない、という人もあるが、そうだとしたらとんでもないことだ。

外国にお金を渡す場合、普通この追及は極めて困難なのだが、フジモリ氏に対しては、私は礼儀正しく、「その後のことを見せてください」とお願いしていた。だから学校建設の場合も、私自身がペルーに行って結果を確認してくることにしたのである。

首都のリマに着いて大統領にお会いした時、私は希望を叶えていただいたことに感謝し、その場所へは一人だけの案内者をつけて頂ければ、「こちらは民間の財団ですから、自分で参ります」と申しあげたのだが、フジモリ氏は、現場は非常に行きにくい所で、民間航空は週に一便か二便。飛行機を降りてから、川船やトラックを利用してさらに数時間もかかるような場所ばかりだから、自分がヘリで連れて行く、とおっしゃってくださった。

出発の前日、私はペルーに帰国中のアリトミ駐日大使に、「明日はどちらの方角に伺うのですか」と尋ねたが、「それはヘリが飛び立ってから、はっきりするでしょう」というだけで、全く明かされなかった。

テロや誘拐もありうる南米の国々では、こういう用心はごく普通のことなのである。これで私の、地図を広げて少しは事前に所在地を見ておきたかった、という希望は全く叶えられなかった。

しかし実はこうした秘密裏の「視察」ほど有効なものはなかった。視察は原則としてぬきうちでなければならない。そうでないと、先方がいろいろと糊塗《こと》するからである。アンデスの山の中腹に降り立った専用機を出迎えたのは、村にたった一人いる警察官だけだった。道端で会った村の老人は、大統領を見ても驚きもしない。電気も新聞もない僻地では、フジモリ氏の顔など知らない人が、ほとんどなのである。しかし学校はきちんと完成しており、玄関には、この学校はフジモリ大統領と日本財団によって建てられたという額がきちんとかかげられていた。

こんなことが何度かあったので、財団は大統領の来日の度に、会食をする程度の繋がりを持っていた。フジモリ氏は高級な料亭より、スキヤキやてんぷらなどでの庶民的な食事の方が好きなようだった。

しかし二〇〇〇年秋の来日時は、少し様子が違った。いつも同行する武官の姿がなく、ペルーではむずかしい政治問題が山積しているというのに、大統領は「今回少し長く滞在します」と言う。当時の笹川陽平理事長（現在は会長）は「それなら今度こそ、少し日本を詳しく見てお帰り下さい。私は山に別荘を持っていますし、曽野会長は海の傍の家でよく週末を暮らしていますから、どちらにでもお泊りを」といつも私たちが口にしていたような言葉を改めて伝えた。

数日後に笹川理事長は外国出張に出た。出発前に「もし留守中に何かありましたら、よろしく」と言われた。

十一月二十一日の夜、私は会合先に、自宅から電話を受けた。帰りにホテル・ニューオータニに宿泊中の大統領のところにお寄りするように、ということである。私は先日てんぷら屋さんで簡単な食事をご一緒したので、そのリターンバンケットかと軽く考えて言われた通りにした。

大統領は上層階の一つのウイングを借り切って泊まっていた。アリトミ駐日大使は大統領の義弟でいらしたが、その夜も同席していた。私はそこでお鮨をごちそうになり、それから大統領は日本語で言われた。

「明日から、あなたの家に行ってもいいですか」

フジモリ氏の日本語は当時はまだ細かいことは、使いものにならなかった。知人の話では、フランス語なら自由だったようである。私の家には、東京の自宅の庭に息子夫婦が上京して来た時だけ使うプレハブの家が建っていたから、そこにも部屋は空いていた。その時私が真っ先に確認したことは、「いつから、大統領権限《プレジデンシー》を失われるのですか？」ということだった。プレジデンシーという、生涯で一度も自分の口で使ったことのない英語を思いついてよかった。私は大統領と言うような公的な立場にいる方を、自宅に招き入れるような人間ではないからだった。

フジモリ氏は、辞任は「後二時間十分後です」と答えた。つまりその時は夜の九時五十分だったのである。私は「大統領でなく、一民間人におなりになった後でしたら、いつでもどうぞ」と答え、打ち合わせのために三人のSPのたむろしている控えの間に行った。名刺を出し、フジモリ氏との関係をごく短く説明し、大統領の希望を伝えた。そうでもしなければ、私は突然こんなことを言い出して、「狂人」だと思われるだろう、と恐れたのである。

私はひたすら、フジモリ氏がこのホテルを脱出する方法を危惧していた。ホテルの周辺はマスコミの車が取り囲むように張っている。その包囲網の裏をかいて出てくる方法があるのか、私は気にしていたのである。SPのところに行った時も私は、「辞任されても、警護はお続けになりますでしょうね」と尋ねた。

「多分すると思います。ただそれは警視庁の手を離れて、警察庁の仕事になると思います。しかし前例がないので、私たちには分かりません」

そのような短い会話があってから、SPたちは、大統領のところにやって来て、ほとんど私と同じ質問をした。大統領権限を失う日時である。しかしさすがに私とは違って、もう一歩踏み込んだ聞き方をした。

「大統領でなくなったということは、どうしたら分かりますか?」

「マスコミが言うでしょう」と駐日大使は答えた。

「私たちは、いかなるマスコミも信用することはできません。公文書はどこから出ますか」

「ペルー政府が外務省に提出する書類の写しを出します」と大統領は言った。

私は駐日大使に、私の家の質素なプレハブの別棟に、大統領が滞在できると思われるかどうか、ごらんになってからお決めください。もしよければ、まずお妹さんが私の家の下見をなさってから、数日後にでもお越しください、と言ってその場を出ようとしたが、大統領は私の背中に向かって「明日行きます」と追いかけるように言った。「午後でしたら、お待ち申しあげます」と私は答えて辞去した。後はSPに任せたい。

翌日午前中、同じこのホテルで、日本財団が主催する「社会貢献賞」の授賞式があって、私は脱けられない。しかし私がいないと、我が家では、こうした「異常事態」に対応できる人がいない。

私は夫とお手伝いさん以外の誰にもこのことを言わなかった。夫はほとんど手伝わない限り、何が起きても何もしない。機嫌よく自分の生活の日常性を保つ「利己主義者」である。

翌日午前中、私は式を終えて午後自宅に戻った。

別棟のプレハブの掃除をしておくことと、その夜の食事はどうなるか分からないので、私は有り合わせの材料で大鍋いっぱいのおでんを煮ておくことだけを頼んで出た。フジモリ氏は日本食がお好きなことは知っていたし、その夜は誰が何人ずつ何時に、食事を食べるようになるか全くわからないままだったのである。

その夕刻、フジモリ氏は報道官という男性一人を伴い、三個ほどの荷物を持っただけで来られた。

どちらも差し迫ったような空気はなく、報道官は私に「私は英語も日本語も話しませんが、あなたはスペイン語を話しますか。できないならイタリア語はどうですか」とスペイン語で聞き（私は三カ月だけスペイン語を習ったので、この程度の内容だけは分かった）、「もしできれば、あなたとダンテについて話したかったのに」と言われた。こんな時にダンテもないだろう、と私は思ったが、何となくのんびりした空気でほっとした。

後で新聞を読むと、大統領は二十数個もの荷物をどこかへ送り出したということになっていたが、それは私の家に運ばれたものではなかった。

マスコミはまだ気づいていなかったが、間もなく外務省から数人が来た。私は秘書もフジモリ問題に深く関わって後で面倒になると可哀想だと思ったので、別棟でお茶を出す仕事も自分でして、一切関わらせなかった。外務省の人は私に、「六法全書」を借りたいと言い、かなり長くフジモリ氏と話をして帰って行った。

その段階で私はフジモリ氏は日本国籍もお持ちなのではないかと思ったが、誰にも話さなかった。いずれにせよ国籍の取得は、当人ではなく親がやったことである。

その夜遅く十時頃、一人の女性記者が私の家のベルを鳴らした。フジモリ氏がここにいるかという質問に対して、私は「うちは早寝で、家族は皆寝ております。すべて明日にしてください」とだけ言った。私はイエスともノーとも答えなかった。

私はその頃にはもう自分の態度を決めていたから、あまり迷うことはなかった。一切嘘はつかない。しかし私がマスコミのテンポに乗ることはしない、という原則である。

翌日は朝八時にまず経済新聞の記者がベルを押した。家の傍の丁字路には社旗を立てた全国紙の車が昨夜から動かなかったが、私は別に気にしなかった。気の毒に、疲れるのは自動車の中で寝た記者であって、私ではない。私は氏の所在を確かめる記者に、オウムのように同じ言葉を繰り返した。

「はい、フジモリ氏はいらっしゃいますが、週末は休むと言っておられます」

逃げ隠れはしません、というフジモリ氏の態度はこうした場合の私の選択とも似ていた。

翌日、新聞にはまだフジモリ氏が我が家にいるということは出ていなかったと思うが、私は再び同じホテル・ニューオータニに出かけなければならなかった。同じホテルに三日続けて通うなどということは、今までにもないことだった。

中曾根元総理が主宰された日仏対話フォーラムという会議に出るためである。私はまだフジモリ氏のことを誰にも話していなかったが、家から何通か会議中の私に電話がかかるので、仕方がなく、主催者の外務省の係の一人にだけ事情を説明した。それからお昼休みの時、座長の中曾根総理の元に行き、会議の途中で度々中座した非常識をお詫びした。総理は微かにびっくりしたような顔をされたが、ほんのひとこと、深いねぎらいのお言葉をくださった。

その夜遅く、一通の電話があった。日本財団の幹部の一人で、新聞社の出身者である。彼は明らかに私の行動をなじる口調だった。

「フジモリ氏問題は、月曜日までは保《も》たないと思いますが」

「もちろんです。既に日経は来て、読売は張っています」

「どうするつもりですか」

「どうするつもりもありません。その場その場で、やり方を考えるだけです」

人間、それ以外にやる方法がありますか、と言いたいところだった。私は週明けには新聞記者に事情を説明する機会を作るつもりだった。しかしそれから私は思いついて尋ねた。

「しかしそちらで、こうやったほうがいいだろうというご指示を頂けるなら、その通りにします」

財団には他にも新聞記者出身の理事がいて、私はその人の広範で深い知識をいつも尊敬していたので、折りあるごとに、自分が疑問に思っていることを聞きに行く習慣があったのである。

答えが、根本的に私の姿勢に反対することだったら従えない。しかし知恵というものは、いつでもどこにでも、思わぬものが用意されている。第一、私はこういう場合の知識も体験も全くない。事態は「想定外の大地震か津波」みたいなものだから、古老の知識にも詳しい村長さんが「なんとか山に逃げろ！」と叫んでくれれば、その通りにしたい気分は十分に持ち合わせているのである。しかしその人は、結局何も言わなかった。

自分が直接に関わることもせず、責任も取らずに、出て行って当事者に文句をつける人というのは、いつでもいるのだろう。

フジモリ事件のことで、私が不愉快な目に遭ったのは、この他にたった一件だけである。元長野県知事の田中康夫氏が、曽野綾子は「サダム・フセインでも泊めるのか」と言ったことである。答えははっきりしている。そんな立場になることはあり得ないだろうが、一般人のサダムなら私は泊める。

サダム・フセインはニューヨークの世界貿易センターのツインタワービルを爆破し、二千七百人もの犠牲者を出した黒幕とも言われ、シリアのクルド人を数千人も化学兵器で虐殺した首謀者とも言われている。確かにそうならば、許されることではない。しかし裁くのは私ではない。

田中氏はフジモリ氏がペルーで「悪いことをした人」という確信を持っておられたのだろうが、私は裁き手ではない立場を、取り続けただろう。

この手の無責任な正義感だか世間の常識だかに従ってケチをつけたい人は他にもいたと見え、或る日、夫は私の顔を見ると嬉しそうに言った。

「今日、何とかいう外国の通信社の男というのから電話がかかって来て、ボク、ちょうど原稿と原稿の合間でヒマだったから、相手してやったの」

「何て言って来たの？」

「お前たちは、国際刑事警察機構《インターポール》から指名手配されているような人物をかくまっているんだから、まもなく捕まるぞってオドシテ来た」

「それでなんて答えたの？」

「大丈夫です。家中お巡りさんだらけですから、探さなくてもすぐ捕まります、って言ってやった」

夫は旧制中学校のいたずら好きの学生みたいな性格だから、その日は退屈紛らしにこの上ない相手を見つけたようだった。

第5章

大統領の亡命（下）

亡命者と呼ばれる方の生活など、私は想像もしたことがなかった。もっとも人の話によると、南米では、私たちが思うほど、大した出来事ではないという。大統領はしばしば隣国だかその隣の国だかに逃げ、ほとぼりが冷めると戻ってくる。多くの場合、命に別条があるわけでもなく、たいていの国が同じスペイン語を話すのだし、少し違ってポルトガル語であっても、理解には困らない。

ただ「その政権」の下にあった人たちは、大統領が代わると、まるで母たちの時代の日本人が、夏の終わりに夏衣を捨てて袷《あわせ》を着るように、一斉に職場を追われるのは、信じがたいことだった。

アジェンデ政権が倒された直後のチリに、私は偶然いたことがあるのだが、ペルーのテレビ局にいた人達は、一斉に別の職場に移ることを考えていた。日本では政権が変わったって、NHKの職員が一斉に現職を去るなどということはあり得ない。

亡命ということは、別に大統領だけがすることではなく、庶民もしなければならないことはあるのだから、どの国でも、その国の首都にある諸外国の大使館前の道路には、左右の舗装に奇妙なこぶを残したところがあった。いわゆる亡命者避けの「こぶ(ハンプ)」と呼ばれるものである。

亡命者にすんなりと自動車で大使館に逃げ込まれてはならないから、このこぶを作っておく。すると車はそこで自然に速度を落とすから、亡命を阻止できるのだ、という説明が正しかったのかどうか、私は知らない。

日本でも亡命した人はなかったわけではないが、そんなに始終起きることではないし、庶民の意識の中には、全くなくて済むものであった。私の場合もそうであった。

亡命の翌日、フジモリ元ペルー大統領という方が、さしあたり大使館を出られた後の生活の場として、私の家の庭に建っているプレハブの離れを使われることになった時も、私にはことの軽重《けいちょう》が全く分かっていなかった。

何でも物事には、いい面と悪い面があり、相殺《そうさい》すると善悪とんとん。いや多分、小説家にとっては、為になる面の方が多いだろう、といつも思っている私にはどうでもいいことだったのである。

私がフジモリ氏についてやや気にしたのは、やはり生活上の面だった。私の家に来られた時、持ってこられたカバンは三個だった。一個が同行の報道官用、二個がご自分用だったらしい。季節は日々寒くなる。私は当時家で働いていた日系ブラジル人夫婦のご主人に頼んで、家の近くの大きなスーパーマーケットで、秋以降に必要な男物の寝間着と下着と靴下、やや温かいシャツなどを買ってきてもらった。

私はその頃、日本財団の会長職と作家と二足の草鞋《わらじ》をはいていたので、現実に忙しくて到底そういうお世話をする時間がなかったし、またあまり他人の生活に深入りするのも嫌だった。

セーターは安物を買ってもあまり趣味のいいものがなかったので、私がぶつぶつ言っていると、朱門が自分の持っている中で当時一番お気に入りの鮮やかなブルーのをお貸しすることにした。まだ季節の初めで、ドライ・クリーニングに出したままタグも取っていない清潔なものだった。

フジモリ氏はこのセーターを着て、タイムだかニューズウィークだかの表紙にも登場され、そのままお持ち帰りになったので、朱門は「僕のセーターだけは世界的に有名になった」と言って笑っていた。

ほんとうは私が一番気にしていたのは、毎日の食事だった。フジモリ氏の食事時間と我が家の食事時間とは、三時間くらい違うらしい。私は料理が好きだったので、せめて毎日簡単な日本風のおかずくらいは作って離れの台所に届けるくらいはしたいとも思ったのだが、焼き冷ましのサンマの塩焼きなど食べられたものではない。

しかし当時の私の忙しさの中で、適切な時間に他家の食事を用意する余裕は全くなかった。それをすると私が過労になることは眼に見えていた。私はあっさりとそれも諦めたのだが、もうその頃から、日本社会には外食産業が伸び始めていたので、フジモリ氏も報道官も、近くの駅に付属してできているスーパーでいつでもお好きなお弁当やおかずを買うことができるようになっていた。

その頃、大統領府の毎日の暮らし方について私はフジモリ氏と話したことがある。毎晩深夜十二時から一時くらいまで本や書類を読んでそれから食事だとフジモリ氏は言われた。

「それまで大統領官邸のコックさんは残してお置きになるのですか？」

これこそがジャーナリスティックな質問だというものだろう。

「いえ、とっくに返すんです」

フジモリ氏の日本語は、日本の家庭にいらしてからめきめき上達された。

「じゃ、お食事はどなたがお作りになるんですか？」

官邸の正門の前にケンタッキー・フライドチキンの店がある。そこに誰かに買いに行ってもらうのだ、というのが答えだった。

ペルーの大統領官邸は、日本的簡素な美を意図した日本の総理官邸とは全く違う。もちろんフジモリ氏の建てたものではないが、ロココやバロック、もっと新しい時代のアールデコの装飾もある絢爛《けんらん》たるパレスであった。そこの主のディナーがテイクアウトのフライドチキンなのだ。私はその現実の生活にも深く納得した。それが現世というものであった。

日本でのフジモリ氏の生活には、亡命前夜私がホテルで会った三人のSPが、いつも階段の下の居間兼食堂にいた。この人たちは朝自宅から出勤して来る。だから二階の二部屋と三階の屋根裏部屋だけがフジモリ氏の世界で、私はテレビでBSと衛星放送を取れるようにしておいた。

昼間はその他に田園調布署の数人の警察官がいた。その人たちが持ち込んだ「六尺棒」みたいな棒術の武器が、プレハブの食堂のカウンターの下に転がっていることもあると、SPたちは嫌な顔をした。あんなものをすぐ見えるようなところにほっぽらかしておくなんて……という意味だったのかもしれないが、それは警護のおしゃれ精神に欠けることなのかもしれなかった。

しばらくすると、門の内側の小さなスペースに、機動隊の小型の車両も毎晩泊まるようになった。しかしその中にいる人たちは毎晩違う所属機動隊から派遣されて来るらしく、私たちは他の警察関係者のように、顔を覚えて家族のような親しみを覚えることはなかった。その証拠に或る夜、朱門は門を出ようとして、この機動隊に捕まった。

「どこから来たんですか」

「あのう僕は、このうちから出て来たんですけど」

「あの人、僕がどこから出て来たのか見てなかったんだな」と朱門は言って笑っていた。彼は人の失敗が実は大好きなのであった。

或る事情から、当時の私の家には日系ブラジル人の夫婦が数年の契約で働いてくれていたのだが、奥さんの方は零歳の時に日本から移住してブラジルに育った人だったから、意識は完全にブラジル風だった。

フジモリ氏が我が家にいらした最初の晩から、気の毒に彼女の神経は休まらなかった。何時になっても、母屋と離れのプレハブの間の人間の往来が絶えない。私は「一応ガラス戸だけ締めておけばいいけど、今日は戸締りなんかしなくていいわよ」と言ってさっさと寝に行こうとしたが、彼女は別のことでこの状況の犠牲者だった。

「こんなにたくさん警察が家の中にいては、恐ろしくて寝られません」

というわけだ。ブラジルでは警察官が泥棒を手引きすることがある。ブラジルだけでなく、こういう風に感じる国民のいる途上国は決して珍しくない。もちろん正直で善良な人もいるのだが、警察官を家に入れてはいけない、というのは常識である。

私は彼女に日本の警察は決してそんなことはないのだから、今日からは少々戸締りなんか気にしなくてもいいのだ、ということを納得させるのに少し時間を取った。

南米の多くの国がそうなのかもしれないが、政府要人の用心というものも、私たちの想像を絶するものだった。フジモリ氏は自分の予定をSPたちにもほとんど明かされなかったらしい。やがてSPは私に「明日はおでかけと言っておられますから、多分うちにいられるでしょうね」と言うようになった。ごく普通に言うと「敵の裏をかく」というやり方である。

私たちも秘書も「お客様」のご予定など他人に喋るわけもなかったが、しかしそれが要人の身の処し方としては国際レベルとして当然のものだったろう。日本人の方が、全くそういう危機管理の感覚に欠けている。

その年のクリスマスに、私たち夫婦は、一応カトリックだと言われるフジモリ氏に夜のミサに行くことをお誘いしたが、行くとも行かないとも言われなかったから、私たちは全く当てにせず時間になったら出発する用意を整えていた。

するとと家を出る間際になって、「いっしょに行きます」と言ってオーバーを着て出ていらした。私たち夫婦と一人のSPとだけで、夜の道を二十分ほどぶらぶら歩いて教会に行った。暖かい冬の夜で、私はその穏やかさを聖夜の贈り物のように感じていた。

警察に関して言えば、フジモリ氏がいらして二、三日目に、突然田園調布署から、スペイン語のできる一人の警察官が現れて、私はほっとした。私はフジモリ氏のために、警視庁だか警察庁だかがこういう人物を特別に回してくださったのだと思ったのだが、全く偶然にその方は田園調布署に配属されていた方だった。

ペルーの日本人大使館人質事件の後、解決までの間、この方は救出のためにずっと現場に詰めていて、日本人の人質たちがごみを出す日に、ツパクアマルの犯人たちに分からないように漢字だけで送ってくる情報を、悪臭のする塵の中から拾い上げて、判読する作業を続けて来た。

一人の日本人人質の命も失わず、深い傷も負わせずに返してくださったフジモリ氏に対して、いつか日本人として誰かがお礼をすべきだ、と私たちも考えていた。それが今回の私たちの行動の基本だったことは間違いない。

そのことに関しては、一度その頃、タクシーで言われたことがある。私はテレビにもめったに出ないから、顔を知られていることはなかったが、その人は私に気がついてフジモリ氏のことを尋ね、それからさらに質問した。

「それで、あんなに世話になったんだから、誰か日本人からパンツの一枚でも送って来た人はいましたかね」

私はこの人は「江戸っ子」かな、と感じて笑いだしそうになった。

フジモリ氏は私の家に着いてまもなく、日本の「サムライ」のことについて語り、最後に日本語で「しかし、死んだサムライはサムライではないでしょう」と言われた。自分が死んでしまえばサムライではなくなるから殺される危険は避ける、ということだと私は解釈した。それが血としては日本人ではあっても、実はペルー人として育ったフジモリ氏の感覚だったようだ。日本人は死んでも、殺されても、侍は侍なのだ。

我が家にいた日系ブラジル人の男性は、フジモリ氏について「今帰ったら飛行場で殺されますよ」と言っていた。それが分からない日本人の感覚の方が彼には理解できなかったのだろう。

フジモリ氏が大統領在任中に不正に取得した巨額のお金を隠し持っている、とマスコミが書き立てたことがある。今の私の記憶では、その額は二十億円だったような気がするのだが、確かではない。

或る日、私がフジモリ氏にそのことを触れると、氏は既に承知していたらしく、笑いながら日本語で「もし持っていたら、あなたに半分あげるよ」と笑った。私はこの好機を逃してはならないと思い、すぐ傍にいた顔馴染みのＳＰに言った。

「あなたが証人になってくださいね。もしお持ちだったら私が半分いただけることになりましたからね。そうしたらあなたに一〇パーセントあげます」

その後で、私はフジモリ氏のいない時にＳＰに尋ねた。

「フジモリさんは、大金をお持ちという感じがなさいますか？」

彼は穏やかに首を横に振った。警察官には独特の勘があるはずだと私は信じていた。

我が家の変化を唯一喜んだのは、我が家の駄猫、東京一器量が悪いと編集者たちが保証するボタという猫だった。彼女は夜通し起きている夜番のお巡りさんの後ろをついて歩き、彼らの捨てた鮭弁当の残りをなめさせてもらって、降って湧いたようなこの世の幸せを感じていたらしい。「犬はよく夜回りについて歩くんだけど、猫は珍しいねえ」と警察の人たちは言った。

この老猫が死に、さらに数年が経ったとき、私は皇后陛下にお目にかかるために坂下門の前で車を止めた。すると一人の警察官が私の車の窓から顔を覗かせ、「あのう、私はフジモリさんの時、お宅に伺っていたんですが」と言ってくれた。「それはそれは、三カ月もの長い間、ありがとうございました」とお礼を言うと、「ボタはお元気ですか?」と相手は尋ねた。「ボタは二十二歳で老衰で死にました」と私は伝えた。

家に帰って夫にその話をすると「僕のこともお元気ですか? って聞かなかった?」と催促するので、「聞かれなかったわよ。ボタのことだけ」と言うと「おかしいな」と首を傾げていた。

フジモリ氏は徹底して遊ばない方だった。毎日うちにいられるのでは、幽閉生活のようで息が詰まってしまう。歌舞伎、お能、音楽会くらいはいらっしゃいませんか、と私は何度かお誘いしたのだが、決してお出かけになることはなかった。

たまたまうちの斜め前の家が改築中だった。地下室もあるお宅だったらしく、その頑丈なコンクリートを破壊するのに、何カ月もかかっていた。フジモリ氏はその工事をよく庭先から見ていらっしゃった。

また私の海の家にも遊びに見えることを楽しみにしておられた。私が最近はトンビが増えて、花芽までもぎってしまうとぼやくと、上空に釣り糸を張るといい。人間の眼にはあまり見えなくても、鳥の眼にはよく見えて危険を覚えるのだ、と教えてくださった。たまたま海上自衛隊にいた人がいて、その話をすると、彼は空に無慮《むりょ》千五百メートル分もの釣り糸を張りめぐらしてくれた。軍艦に乗っていた人なら、お得意中のお得意の技術だったのかもしれない。しかし鳥害は減りはしたが、トンビも敵意を燃やしたと見え、まもなく釣り糸も無残に切れた。

南米の珍果と言われるチリモイヤの木も、我が家では当時人の背丈くらいには育っていたのだが、一向に実をつけなかった。雌雄別株なんでしょうか、と言うと、フジモリ氏は同じ木でも、枝の一本をわざと違う枝に接《つ》ぎ木《き》するとなるかもしれない、と教えてくださった。氏は農学博士であった。

フジモリ氏は子供たちに好かれている父だった。現在も大統領に立候補中という長女も、市長になりたいと言っていた次女も、次男も皆パパに会いに来られた。

男同士で、たまにフジモリ氏と飲んでくださったのは石原慎太郎氏だった。三浦朱門は、氏が日本に残って暮らすことになる場合、氏も生き甲斐を感じ、日本人も氏の才能の恩恵を十分に受けられるような大学のポストを用意するのに関わっていた。

しかし翌年、我が家の孫息子が大学生になり、その離れの部屋を使う時期が迫ると、フジモリ氏はそれを大変気にされ、三月五日に我が家を出られることになった。

庭に紅梅が咲いていた。夫は「東風《こち》吹かば」の道真の歌をお教えした。私たちはその下で初めてで最後の記念写真を撮ったが、いつの間にかボタが入って来て記念写真の隅に写っていた。

フジモリ氏は、その後、自家用機をチャーターしてまずチリに行き、その後ペルーに帰ったところで収監され、今日に至っていると聞いている。

第6章 カルメンの恋

人間、長年同じ仕事をしていると、その仕事を少しはわかったような気分になることもある。

私もその一人だった。作品の内容ではない。作品の根本に当たる(思想的な)部分は、私の肉体的な制約とは全く別の次元で発生し、決定している。しかし私は一人で調べ、それを原稿という形にしなければならない当事者なのだから、現実問題としてそこに漕《こ》ぎつける仕事を遅滞なく行なう技術を妨げる困難や苦労を、知って来たつもりだったのである。

昔の作家たちは結核にかかった。微熱があると、どんなにだるかっただろう。微熱くらい、思考能力とは何の関係もないと思われがちだが、そんなことはない。私は結核ではないのだが、膠原病で始終三十七度六、七分の熱が出る。

寝ていたって別によくはならないのだから、私は仕事をする。書くことも続けるが、今は秋だから、サトイモを煮たり、蕪《かぶ》を漬けたり、ブリ大根を作ったりする。大根の茎の部分はゴマ油で炒めて、お醬油とトンガラシで味付けしておく。炊きたてのご飯に載せて食べたがる人がけっこういるからだ。

しかし書くという作業も、予定からはずさない。病識があって体が辛くても、仕事はやめない。やめたって楽にならないからである。

思わぬことが役に立つこともある。私は五十歳で視力がほとんど役に立たなくなった時、もちろん原稿も書けなくなったので、かなり長い文章を口述筆記で書いてもらう技術を身につけた。短編なら、それで書けたのである。そうでもしなければ、それで私の作家としての生命は終わりになるかもしれない、と思ったからだ。

その時の訓練が今も役に立つとは、当時思いもしなかった。最近、微熱で体がひどくだるい日には、時々パソコン持参の筆記の専門家に来てもらって口述をするようになった。技術は大分劣るが、秘書にキィを叩いてもらうこともある。

専門家の技術はすばらしいもので、最近では、私がしゃべるのと同じ速度で「記録を採る」ことが出来るようになっている。こうして出来上がった原稿は、私が自分一人でパソコンや原稿用紙で書いた原稿の「精度」を一応百点とすると、八十五点くらいの仕上がりになっている。

その原稿にさらに丁寧に手を入れさえすれば、最初から手書きをするのと、全く同じ完成度の作品が仕上がる。

すべての事情を総合してそれが私の仕事であった。この原則が守られれば、私は「創作」や「制作」の手順で悩むこともないし、十代から書き続けて六十六年も馴染んだ仕事の基本的な手順に疑念を抱くこともなかった。

しかしこんなに長く生きていても、まだ新しい発見があることが、最近の或る夜わかったのである。

二〇一五年十一月十日の夜、私は昔勤めていた日本財団の姉妹財団である日本音楽財団から音楽会の招待を受けていた。二〇一五年のエリザベート王妃国際コンクールで優勝した林志映《イムジヨン》さんのヴァイオリン・リサイタルが行なわれることになったのである。

私が日本財団の無給の会長として働くようになったのは、一九九五年から約九年半で、日本財団の予算は、その頃がもっとも大きかった時代だったと言える。人間は貧乏にも裕福にも、我を失ってはならない。貧乏に強い人間になることも私は大好きだが、大きなお金を動かせる立場にいても、その力に溺れず、自分の哲学を持ってお金を動かせる力が要る。

日本財団の姉妹財団はいくつもあったが、その中の一つ日本音楽財団も、予算をどう有効に使っていくかが、大きな問題であったろう。私の着任前から、それは一つの新しい目的に向かって動いていた。弦楽器の名器と言われるヴァイオリンのストラディヴァリウスを買うことを始めていたのである。

私は今でもストラディヴァリウスが、世界のどこにどの程度残っていて、誰が所有しているのか分からないが、こうした名器に対して後世の人間はいくつかの責任を有するであろう。

それは、そうした楽器を安全に、かつ、的確に保存し手入れをし、しかもただコレクターとして集めておくだけではなく、それを生きている人間社会に確実に幸福として返して行くという義務である。

それには日本音楽財団の資金は適当であった。日本音楽財団がストラディヴァリウスを買うことは、コレクターの目的ではない。この音をできるだけ多くの人に聞かせ、しかも人間の共有財産である楽器を、私蔵することなく、優秀な若い音楽家に貸し与えて、楽器に「出番」を作ることである。

世界中に残存しているストラディヴァリウスを発掘して買うには、大きな苦労が要る。個々の楽器の保存状態を見抜き、あってないようなものだろうが、それに対して適正な値段で取引をするということは常人にできることではない。日本音楽財団には塩見和子さんという類まれな才能があったからこそ、当時の親財団の日本財団理事長・笹川陽平氏も実現可能な事業として、GOサインが出せたのだろう。

もっとも当時この企画の報告を受けた文科省の或るお役人は、「どうして何億円もする高価な楽器を、一人のヴァイオリニストに貸すんですか」と言ったという話が伝わっている。その人は文科省に勤めながら、音楽というものの機能を全くわかっていなかったのである。

何億円もする楽器を財団が買い、それを一人の音楽家にただ貸し与える。するとそのヴァイオリニストは自分だけがそれを自分で弾いて自分で楽しむのだろう、という発想しかなかったのだろう。音楽というものは、広く聴衆に還元されるものだということが、関係省庁の役人にさえ全くわかっていなかったという滑稽な話であった。

改めてその機能を説明すれば、日本財団の所有するストラディヴァリウスは、誰かの知人に個人的好意で貸し与えられるというものではない。暫くして私は財団の会長になったのだが、「会長の姪」(が仮にいたとしての話だが)に下手なヴァイオリンを弾く娘がいるから、「そのうちの一梃を貸してちょうだい」と言えるわけではない。

貸与する相手は、世界的な演奏家などで構成される「貸与委員会」(現在の委員は指揮者のサイモン・ラトル、ジュリアード音楽院のチョン・キヨン＝ファなどで、かつては指揮者のロリン・マゼールもその一人だった）の決定によって、全く無料で（主に若い）音楽家に貸し与えられ、世界中で行なわれる演奏会で使われる。「貸主」である日本では、毎年一回、ごく普通の演奏会が開催され、その他に、一回だけ無料の演奏会を開いてもらうことになっているらしい。

私は或る年、日本財団の一階の広間で行なわれたこの手の無料の音楽会の主催者の一人として、雨の降りしきる入り口に立っていた時のことを思い出す。「ストラディヴァリウスの演奏会が、夕方五時半から当財団一階で開かれます。演奏者は誰それ。入場無料」というような広告は、赤坂や霞が関界隈に広く知らされていたはずである。

ひどい雨の日であった。席はほとんど埋まっていたが、始まってから数分後に、オートバイによる配達会社で働いているらしい一人の青年が駆け込んできた。合羽の水を慌ただしく払い落とし、演奏の中途では入れてもらえないかと心配している様子である。

しかし私は日本財団で行なうこうした無料の音楽会は、途中からの入場者を認めることにしていた。人には誰にでも厳しい生活がある。生活は甘くはない。仕事が遅れることもある。世俗の雑事・雑音が芸術の世界に混じるのは、ごく当たり前のことである。だったら時間に遅れた人は、途中から足音を忍ばせて演奏会場に入ればいい。私の願うところは、日本人の一人でも多くの人が、重い経済的負担を負わなくても、ストラディヴァリウスの音色に触れられることであった。

その日演奏する林志映さんは一九九五年、ソウル生まれ。二〇一五年のエリザベート王妃国際コンクールの優勝者で、まだ二十一歳のお嬢さんだ。しかし静かな風格が既に備わった演奏者だ。

いつも言いわけがましく言うことだが、私には音楽の耳がない。ただ五十歳の前後に一時かなり視力を失った時から、音楽に惹かれるようになった。しかし今日演奏されるグリーグの「ヴァイオリンソナタ第3番ハ単調作品45」という作品も聞いたことがない。しかし、私は深くその音に惹《ひ》きつけられた。この曲も演奏者も、現世の不条理を表現している。その両者がぴったりと合った時、私たちは現世を見直し、自分が感じていたいびつな世界に、優しさも温かさも、何より人生で共通の意味もあったことに驚くのである。

しかし私が何よりも感動したのは、その日のプログラムの最後にあった「カルメンによる華麗な幻想曲　作品3第3番」というもので、もちろんビゼーのオペラ「カルメン」からとったものである。その編曲者イエネー・フバイは一八五八年に生まれ、一九三七年に死去している。戦後を知らずに世を去ったのだ。そしてこの作品は一八七六年、彼がまだ十八歳の時に作ったものだ。

カルメンの中に出てくる有名な旋律をほとんど使いながら、それはあの長いオペラの総括的役目を果たしている。それはあまりにも長い上演上の時間のために人々が見逃しかねない人間の「運命」というものについてである。

私はこのごろ、人間の力というものをますます信じなくなった。自分の健康が衰えて来たからでもあろう。しかしすべては私の決めた道ではない。よくも悪くも、私の歩いた道は、運命だったのだ。だから私には誇るべきこともなく、深く卑下する点もない。

そう思って私は自他共に、深く許すことを知った。いや許すも許さないもない。それが虫けらのように死んで行く人間の運命なのだ。しかしその仕組みを見抜いたこんなに賢い十八歳もいる。カルメンの生涯の生き方を、他には生きようがなかった故に、これほどに肯定した十代の芸術家がいたのだ。

しかし同時に私は、芸術というものの、あまりにも巾の広いことに驚いた。初めて気がついたのである。

私たち作家は、頭か心の中で、作品を作ると、それを表現する最後の瞬間まで、自分一人が関与する。私は今パソコンで書く作家だが、機械で入力する時も自分だから、誤字を残せば、それも自分の責任である。

頭の中の筋を書きとめるのに必要なものは、それほど重大ではない。極端に言えば、広告のちらしの紙の裏に、その辺で拾って来たちびた鉛筆で書いてもいいのである。しかし音楽はそのような単純なものではない。

オペラというものは、(作曲家の自己満足のためか)実に愚劣な話の筋書きが多い、と作家の私は思う。モーツァルトの「魔笛」など、あまりにもでたらめな筋で、どんなに音楽がよかろうと私は見ていられない。

シュトラウスの「ばらの騎士」の筋にも無理があり、やや荒唐無稽で、私は共感を持って説明できない。初めて見る人に、ワーグナーの「ニーベルングの指環」の粗筋を教えろ、と言われたら、私は「ごめんなさい」と逃げ出すだろう。

しかしこの「カルメン」は実に単純で理解し易い。一人の女が、どのように男を愛さざるを得なかったかということである。

林志映さんは、日本音楽財団が貸し出したハギンスと呼ばれるストラディヴァリウスを使っている。この楽器は一七〇八年の作品でイギリスの天文学者、ウィリアム・ハギンス卿が長いこと所有していたので、その名前がついているという。

ストラディヴァリウスを貸与された音楽家は、その日から弾けるというものではないらしい。一、二カ月は日々その楽器に触れ、お互いにその個性を引き出し合って過ごすという。だから音楽というものは、作曲者、演奏者、楽器と少なくとも三者の手を経て、初めて人の耳に達する。

そこには作曲家から始まって（いや、その元になる伝説やストーリーを作った人の陰の功績もあるだろう）、演奏家、楽器（その楽器に関しても保存状態を常に考えている専門家がいる）と、最低限、二人か三個の存在が大きくものを言う。成果は、その三者の存在の結果である。

私たちの世界にも、できた作品を出版してくれる編集者や出版人という存在があるが、作品そのものは、個人の力で完結している。

よく人生は、長く生きなければ味がわからないなどという。しかし芸術の世界における天才は違うのだ。若くても運命の偉大さの前に跪《ひざまず》いた多くの作家も音楽家もいる。「成せばなる」「必ず勝つ」などと言い切るスポーツマンたちとは大きな違いだ。

作家が、実に素朴な単一的要素で仕事をしているということに気がついたのに、私は驚いたのである。それは誇るべきことでもなく、落胆することでもない。私のように性格のよくないものは、単一でする仕事の方が、人を傷つけなくていいだろう、ということは言える。

オペラというのは「仕事」ということだ、と教えられた時、別の重い感動を覚えた。人間がある目的のために、自己を「折り曲げて」共通の仕事をするということは、深い尊敬に値する。その点、作家は単純な創作者でいい。どんな偏った性格でも務まるのだから。

八十歳を過ぎても、自分の専門職に関してまだ発見することがあるということは、恥ずかしいことなのか。それとも退屈もせず、思い上がりをしなくても済むという恩恵なのか、深く考えさせられた晩であった。

第7章　或る大佐の死

「その時、輝いていた人々」などという通し題をつけながら、私は何度か常識的に見れば、少しも幸福とは見えない、厳しい運命と対峙した人たちのことを書いて来た。私はどうも人を騙すことに、あまり罪の意識を抱かない性格のようである。

しかし完全に騙す意図を持ってその人を取り上げたのでもない。ここに登場する人々は、すべて——たとえ会ったことがあってもなくても——私の深い敬意と親愛の思いの中にあった。私はその人たちを好きだった。少なくとも、その一部の特性に、私は強く惹かれていた。

もっとも仮に私が、その人と同じ年代に生まれ合わせていて、私がもう少し美人に生まれていたとしても、私はその人に愛を打ち明けることはなかったかもしれない。多くの魅力ある人々は、あまりにも危険な人物で、私はその人と深く関わることは「身の破滅」であることを素早く感じ取っていたのかもしれない。

いや、ほんとうは私は愛する人と共に破滅することなど全く悲劇と感じていない。しかしそれほどの強烈な個性の生涯を、自分が傍にいて邪魔をすることだけはしたくないという気持ちは強いのである。

私は先日来、今まで全く不勉強だったフランスの外人部隊に関する本を読み始めた。

全く無縁の世界であった。

たった一度外人部隊を見たのは、一九九七年に、日仏対話フォーラムのメンバーの一人として、団長の中曾根康弘元総理にパリに連れて行って頂いた時、ちょうど夏で、私たちは七月十四日の独立記念日の閲兵行進を見る機会を与えられた。

私たちの隣には、イスラエルの外交団がいた。観覧席は国名のアルファベット順に並んでいたのだろうが、私は中の数人がかぶっているキッパと呼ばれる丸い帽子で、すぐ彼らの国籍が分かったのである。

説明のアナウンスはあったが、フランス語で私には理解できなかったし、ブラスバンドの軍楽隊の行進は美しくはあったが、その前後に続く異なった制服の将兵たちはどういう部隊なのかよくわからなかった。それで私は隣席のイスラエルの紳士に自己紹介をして言った。

「私は今は作家なのですが、そのうちにスパイになりたいと思っていますので、部隊がどういう兵科なのか、教えてください。将来きっと役に立つと思います」

彼はユーモアのわかる人だったので、それから急に私に優しくなり、出てくる部隊の兵科や特徴を説明してくれた。

そのうちに軍楽隊の演奏がはたと止んだ。一体何が起こったのかと思っていると、世界中から集まっているマスコミのカメラマンたちが一斉に走り出した。その方角に奇妙な一隊が現れた。それが有名な外人部隊だった。

その姿を私は自分の筆で書こうと思うのだが、不覚にもまったく覚えていない。ただ正規の軍楽隊は演奏をやめ、音楽は彼らが持っている太鼓だけになった。タララッ、タラッ、タララッラの繰り返しだったような気がする。有名なケピ帽をかぶっていたかどうかさえ覚えていないのだから、スパイになる資質はどう見てもあるとは言えない。

しかしフランス軍隊全体のなかで、一番「人気」があるのは外人部隊だということはその時実感した。なぜなのだろう。日本人は外人部隊に関してほとんど知識を持っていない。中には「前科のあるならず者が応募するんでしょう」という程度の知識の人も少なくない。

私は時々、動物的な本能で、何かこうしたいと思うことに取りつかれることがある。それで最近私は、急に何冊か外人部隊の本を買った。多くは古本である。もともとはフランスの制度なのだから、フランス語の本を買えばいいのだが、私のフランス語では資料のあたりをつけるくらいしか理解できないし、多分英語の本はロンドンへ行かなければ十分には選べないだろう。それに私の知識は、日本で買える本の範囲で十分である。私の動物的本能が作動したのかと思えたのは、ちょうどそのころからシリアのＩＳＩＳの問題が雑誌の特集にもなるようになったからだった。私が外人部隊の本を読もうと思ったのは、もしＩＳＩＳを本気で解体させる気があるのなら、それはフランスが外人部隊を出す以外にない、と思えたからである。

ＩＳＩＳの処置に対しては、人は様々に思い悩んでいる。抽象的に言えば、テロの総指揮所となるような組織を許しておいてはいけない、というのはもっともなことである。たしかにオウム真理教の教団組織を温存せよ、というのと同じになってしまう。

しかしＩＳＩＳのメンバーという人々は、生半可な理屈の通る人格ではない。育った文化が違うのだ。日本人ではない人々の中には、彼らのすさまじい個性の強さを知っている人が多いから、空爆ではだめだ。地上軍の派遣が必要だ。それも普通の地上戦をやったってだめだ。砲兵や戦車を投入しても無理だ。一人一殺のやり方で根絶しなければいけないと言って、オサマ・ビン・ラディン以来のアルカイーダの流れを説明したりする。つまり特殊部隊を入れなければならない、というのだ。

そのような要求を完全に満たしているように見えるのが、フランス外人部隊なのだ。

たとえば第二外人パラシュート連隊は、単なる空挺部隊ではなく「第一中隊は市街戦。第二中隊は山岳戦。第三中隊は上陸戦。第四中隊は狙撃・爆破・破壊」と、技術的なスペシャリスト集団だという。

オサマ・ビン・ラディンをパキスタンの地方都市で殺害したのは、やはり少人数のアメリカの特殊部隊だった。何しろよその国へ夜間ヘリで侵入して、一つの屋敷にいた人物をその十代の息子共々、裁判もなく殺害したのだ。そしてオバマ大統領は、テレビで発表の時、「我々は彼を殺した《ウィ・キルド・ヒム》」と言った。「裁いた」とも言わなかった。まさにハムラビ法典の時代からあると言われる「正しい報復の原理」を実行したのだ。

こちらから襲うのではない。襲われた側が手をこまねいているのでもない、という行為の背後には納得できるものがあるし、世界中のほとんどの人がその情熱に自分を組み込んでいる。しかし許し、という例外的な勇気に支えられている人もいる。人々が人権を守ることは大変な手間もお金も人命もかかることなのだ。

その典型となるのが「エンテベ事件」と言われるハイジャックを解決した人質事件だが、一九七六年のことだから、大抵の日本人は知らないか、被害者の多くがイスラエル人だったので、同情が薄かったという感じもある。

一九七六年六月二十七日、フランス航空のエアバス一三九便は、十一人の乗組員と、二百四十六人の乗客を乗せてアテネを発ち、パリに向かったが、まもなく消息を絶った。わかっているのは進路を南方に変えたということだけだった。

ハイジャック犯は合計四人だった。主犯はドイツ人のウィルフリート・ボーゼで、一人のテロリストは女性だった。飛行機はまずリビアのベンガジに行くと思われていたが、その間にイスラエル政府は、飛行機の持ち主であるフランスの外務大臣と交渉して「乗客の安全を確保するのはフランスの責任である」ということを承認させた。

夜になってハイジャックされた飛行機はベンガジを飛び立ち、スーダンの首都ハルツームに行くと思われたが、結果的にはウガンダの首都カンパラのすぐ南のエンテベ空港に着陸した。

中間を省いて言うと、イスラエル政府は急遽実力で自国民の救出を決めたのである。現首相の兄であるヨナタン（愛称・ヨニ）・ネタニエフ中佐を指揮官とし、未知のエンテベ空港に二機の救出機を派遣し、武力で人質を救出する計画である。

この決定が閣議でなされた時、野党の指導者だったベギンは、

「人は、常に最善を求めなければなりません。死傷者は出ないと信じ、そのように努力

しなければならないわけです。しかし、万一、決してないとは思いますが、もし死傷者が出たとしても、その犠牲は正義と自由の戦いのための犠牲者であり、虐殺や残忍行為の犠牲者になるのではありません」

「実際の作戦には、数千キロメートルに及ぶ遠距離をレーダーに引っ掛からずに、飛ばねばならないという困難があった」という。

実際に使われたのは、北極から赤道までを軽く飛ぶと言われた「ハーキュリーズ」という輸送機だった。彼らは紅海に沿って、南アフリカ向けの民間航空路線をとって南下した。民間機と間違えられることを期待したのである。しかし救援機は途中で向きを変えてアフリカ大陸に入り、ウガンダ国のエンテベを目指した。その前にケニア上空を通過する必要があった。

更に別に一機のボーイング七〇七機が隣国ケニアのナイロビ空港に到着していた。「空飛ぶ病院として、機能を備え、機内には、設備の整った手術室が二部屋と、二十三人の医師が乗り込んでいた。救出作戦の計画に当たった者は、多数の死傷者が出ることを予想し」ていたから、その準備であった。

間もなく「ハーキュリーズ」二機ともエンテベ空港に着陸し、警備兵が気づく前に攻撃隊が人質たちがいた空港を確保した。二十数人のウガンダ兵は射殺された。指揮官のヨナタンは管制塔からの狙撃にあって唯一の戦死者となった。

エルサレムの市民エマ・ローゼンクランツによれば、銃を構えたイスラエルの兵士を見た時、彼女はウガンダ兵が自分たち人質を銃殺しに来たのだと思った。しかし兵士は静かな声で

「わたしはイスラエルから来た。すぐ身支度をしなさい。皆を家に連れて帰るのだ！」

病院機であった「ハーキュリーズ」も含めて帰途についた三機は、ケニアのナイロビで給油を受け、朝食を饗《きょう》され、負傷者も入院させた。人命救助のために超法規的行動を取らざるを得なかったイスラエルは、このケニアの援助に対する恩を長く忘れなかった。

実力行使というものが、すべての論理に優先するものと位置づけてはいけない。しかし法を守ることだけが人倫であり人道ではない場合もあるから、我々は困惑するのだ。イスラエルは超法規によって、自国民を救った。救出のための自国の兵士を見た時、ユダヤ人たちは「母国」を実感したことだろう。

フランスに外人部隊が創設されたのは、一八三一年三月十日、フランス国王ルイ・フィリップが出した布告によるという。一つの状況が発生する背後には、様々な理由があ

る。

当時のパリには、周辺諸国からの亡命者や、官憲の手を逃れようとしている犯罪者、失業者として流入した外国人労働者が溢れていた。また、スペイン、イタリア、ポーランド、ドイツなどからは、政治的亡命者が、またスイス、オランダ、ベルギーなどからも、経済的な問題を抱えて入って来る人々がいて、そうした人々が初期の兵力となった。まさに今日的に言えば、当時もすでに一種の難民が生まれていたのだし、フランス革命自体も実力行使の成功例として人々の心に灼《や》きついたのである。

さらにフランスには、すでに大革命時代に生まれた外国人義勇部隊というものがあった。それ以外にも、心情的な応募者もあった。フランスが初めて民主共和制の理想を革命によって現実にしたので、この種の革命に馳《は》せ参じたいという人たちも少なくはなかったのである。だから外国人部隊を、戦闘の好きな、ならず者集団だと決めつけるのは無知の故であろう。

初期の外人部隊は、まずアルジェリアに送り込まれ、アラブ反乱ゲリラの討伐作戦に加わった。そこで彼らは、ひたすらアラブ側のゲリラ戦闘に対抗するための戦術を身につけた。歴史的なできごととは言え、現在の状況と非常によく似ている。彼らはもう二百年近く前から、対アラブ・ゲリラ戦の理論と実践のベテランだったのである。

もしISISを掃討しなければ、再びテロが世界中に広まるというのであれば、その戦いの被害を多分最小限に抑えることのできる外人部隊がいいのだろう、と私が思う理由である。

現代の外人部隊には日本人も数人（数はまったく不明）加わったことがあるようだが、服務規程の一つとして、外人部隊は入隊時匿名になることを義務付けられている。しかしこの制度は、後に本名に戻ることを許されている。しかし匿名であっても、彼らはむしろ或る目的や信念に従ってその生活を選んだようだ。

ただこうした人々の対談を読むと、彼らは最初の一任期五年を務めあげた後、さらに延長する人というのは例外のように見える。外人部隊の魅力というものは、あらゆる意味でその程度であったのかどうか、私には結論は出せないが。

ここまで長すぎる前説を書いてきたが、私がほんとうに感動したのは、一八三六年頃、スペインで行なわれた「カルリスタ戦争」を闘った一人の外人部隊の指揮官の話である。彼の名はジョゼフ・コンラッドという。英文学を少し齧ったことのある人なら、この名前を聞くと「おや」と思うはずだ。同姓同名のジョゼフ・コンラッドはイギリスの作家だが、生まれはポーランドの貴族であった。父母を幼い時に失ったので、本を好み、十七歳の時マルセイユで船員になった。後に希望通りイギリス船の船長になり、イギリスに帰化した。

私も二十一歳の時、彼の『青春』という作品を文庫版で買って読んでいる。私の海への憧憬《しょうけい》の元になった作品のひとつだ。彼が外人部隊とどう関係があったのだろう、といぶかしく思ったが、実は全く同名の別人らしい。

外人部隊のジョゼフ・コンラッド大佐は、アラブ側から「白馬の英雄」と呼ばれていた。パンプローナに近いツビリの戦いでは、歩兵部隊で多くの犠牲者を出して辛勝したが、その後、情勢は膠着《こうちゃく》していた。外人部隊の経済的支援を約束していたスペインのクリスティーナ皇后がその約束を守らなかったので、外人部隊は破れた軍帽に、土地の農民が使うサンダルを履いて極寒に耐える他はなかった。そこへジョゼフ・コンラッド大佐が指揮官として着任して来たのである。

彼は資産家の息子だったので、一時的に私財をつぎ込んで部隊将兵の給与を支払っていた。この話を読んだ瞬間、私はこの人物に、かなり明らかな悪意を持ったのである。私は金持ちの甘さがどうしても好きになれない。

しかしこのジョゼフ・コンラッド大佐は少し違った。外人部隊は二年間もピレネー山麓の過酷な土地で戦い続けたが、一八三七年アラゴンに転出し、五月ウェスカで激戦を展開した。二十人の士官と三百五十人の兵が倒れた後、バルバストロの激戦地で、このジョゼフ・コンラッド大佐は戦死したのである。外人部隊で司令官の大佐が戦死したのは、これが初めてだという。

本を手に、ほんの数秒前（数行前と言ってもいい）、このジョゼフ・コンラッドが金持ちの息子であるというだけで、いささかの嫌悪さえ抱いたのだが、そこで初めて私は一つの見事な人生を見た思いで、思わずページを閉じた。

人は自分が愛し、身を呈した信念と仕事のためになら、命を賭けるべきなのである。それは昔からの私のささやかな美学であった。人は自らの魂で、生きる道を選ぶほかはない。

しかし戦時中の従軍記者にでもならなければ、作家は仕事の場で死ぬ機会などあまりない。まあその程度のなまぬるい職業だということで私は納得し、「私らしい仕事を選んだものだ」と思ってはいたのである。

第8章

偉大なる砂漠——1

その時、私は五十三歳だった。念願のサハラ縦断の旅をした時である。五十三歳という年は、常識的に考えると、もうかなりの年齢である。昔の私の祖母の時代なら、一年中、長火鉢の前に座って時々居眠りをしたりタバコを飲んだりしながら、出歩くと言えばお墓参り、年忌《ねんき》の集まり、極くたまの芝居見物くらいなものであった。

しかし私にとってその年は普通の人とは少し違った。私は生まれつき強度の近視で、満六歳の頃から眼鏡をかけ、そのレンズが次第に牛乳瓶の底みたいな分厚いものになっても、矯正視力が〇・八以上は出ない、という一種の障害者の暮らしをしていた。

もっともそのどこかの時期から、コンタクト・レンズというものが普及して来て、矯正視力はそれによってかなり上がったから、私は長い間運転免許も持って実際に運転もしていたのだが、レンズそのものを始終なくしたり、眼が真っ赤に充血したり、角膜が傷ついたり、不自由なことだらけであった。

コンタクト・レンズは、精密産業の可能な、そして舗装道路の普及した埃《ほこり》の少ない文明地域でのみ実用的なものだ、ということを私は間もなく思い知った。

当時私は時々インドに行っていたが、或る年、生まれて初めて砂嵐というものに遭った。インドの砂嵐は、サハラから吹いてくるという人もいる。窓の外の光景が次第にコーヒー牛乳色になり、間もなく五メートル先も見えなくなり、あたりは暗くなった。土地の人に言わせると、この状態は数時間で去ることもあり、二、三日も続くこともあった。

その間、人々はトカゲのようにひたすら物陰、つまり建物の中にいる他はなかった。一切の行動は中断される。経済的行為も政治的策略もである。とにかく外を歩けないのだから。「でも恋はいいですね。抱き合っていればいいんですものね」と私は言って相手ににらまれた覚えがある。

とにかく砂嵐が鎮まるのを待って、私はすぐコンタクト・レンズを眼に戻した。そうでないと日常生活に差し障りがあるのである。しかしその日の夕暮れ時から、私の眼は充血し痛み始めた。涙がとめどなく流れ、眼瞼《がんけん》を開いていられなくなった。寝る時になっても、私は服を着替えることができなかった。服が眼に触るだけで飛び上がるほど痛んだのである。

顔も洗えず、私は服のままとにかく眠った。空中にまだ浮遊している眼には見えないほどの微細な砂が、眼とレンズの間に入って、角膜をこすって傷つけたのだとはわかっていなかった。翌朝、私はまだ痛みで眼が開かなかった。医療機関、それも眼科のある病院に辿りつけるような土地ではなかった。私はほんの一瞬、このまま視力を失うのではないかと思い、日本まで何とかして一人で帰りつく程度の視力を戻してください、と祈った。

それほどの札付きの眼が、私は五十歳にして「治った」のである。病気の経過ほど他人にとっておもしろくもないものはないから、この際省略する。私は中心性網膜炎の治療のために打ったステロイドの影響もあって、若年性の白内障になり、今度はほんとうに盲目直前になった。

白内障など、今では簡単に誰もが治る病気なのだが、私の生まれつきの強度近視はそうはいかなかった。白内障手術にも普通の人より危険があるというのである。私は東京の数人の眼科医からそれとなく敬遠され、結局当時、藤田保健衛生大学病院にいらした馬嶋慶直先生に拾われて、両眼の手術を受けた。

その結果生まれてこの方、まともにこの世を見たことのなかった私が、五十歳にして初めて裸眼で新幹線の座席番号も、デパートの品物の値札も読めるようになったのである。

生まれつきの強度の近視の眼球の奇形が幸いして、私は近視でもなくなった。遠くの馬嶋先生は、手術後も一生視力保持のためにサングラスをかけるように言われたが、私はそんなことは全く守らなかった。子供の時から、いつも顔の上に眼鏡を乗せていたのだ。もう金輪際、あんなものをかけるものか、と思ったのである。

　私の世界は全く違ってきた。私は一瞬一瞬のあらゆる景色に感動し、見知らぬ行きずりの一人一人の人の頭のてっぺんから靴先の汚れまで子細に観察して喜んだ。私は生まれて初めてこの世を見た嬉しさに、食欲がなくなるほどだった。

　その動揺が落ち着いた頃、私は一つの夢を叶えて貰おうとした。私は砂漠に行きたかったのである。私は高校生の時、洗礼を受けた。深く考えて受けたのではない。私が通っていた修道院付属校の先生たちである修道女たちの、一生を賭けた捨て身の生き方に深く惹かれてはいたが、キリスト教自体を知っていたわけではなかった。

　しかし後から考えてみると、ユダヤ教、キリスト教、イスラム教の三つの一神教はどれも砂漠か荒野から生まれていた。水や森のある豊かな土地ではなく、人間の生息が可能とされるかどうかの、厳しい土地から生まれた。私はその激しさが人間の受ける運命の根源のような気がしていたのである。

　それ以前にも私は一九七五年に初めてアラブ諸国に行って以来、イスラム世界にも学ぶことが実に多くあることを感じていた。三つの一神教は、その風俗習慣において、一致する点が多くあった。もともとイエスもユダヤ教徒として生まれ、ユダヤ教徒として死んだのである。ただその信仰の姿勢が、正統ユダヤ教そのものではなく、部分的には百八十度の価値と解釈の転換をした「裏切り者」だったから、ユダヤ人たちは、イエスを十字架に上げて殺さねばならなかったのである。

私は以前からどこへでも一人で旅をすることが好きだった。この点については笑い話のような記憶が残っている。五十歳を過ぎて日本の地方へ行くと（その多くの場合は、講演など公用が多かったが）、その頃から出先で会う人が必ずと言っていいほど「お一人ですか？」と聞くのである。

私は文壇の先生方の何人かが、出先でお約束のある美しい方とお会いになっているのを知っていたから、私もまた、密かに会う約束の人がいるのか。その人とは、どこで何時に会うのか、と聞いてもらっているのだと信じ込んでいた。ところが、たいていの人は、私が荷物持ちだか秘書だか、とにかく肉体的、事務的に助ける人を連れて歩いていると思い込んでいたので、一人旅を不思議に思ったらしいのである。

東京だけが、五十歳だろうが、六十歳だろうが、そして最近では八十歳だろうが、一人で行けるなら一人で出歩かせる。しかし地方はそんなことを許さないらしい。「駅前にお姑《かあ》さんが行きなさる時だって、嫁か娘が必ず付いて行きます」と説明する人もいて、東京は地方の人と比べて老世代に冷たいのだと、わかって来た。

しかし砂漠だけは、一人旅はできなかった。有名なミシュランのガイドブックには、ちゃんとサハラ旅行の項目があって、それは素人の旅行者相手の程度の知識だと思われるのだが、それでも砂漠の旅にはいくつかの守るべき条件があることが書かれていた。まず砂漠をどのように「越す」かが問題だった。サハラの正式名称は「アッ＝サハラーゥ・ル＝クブラー」というアラビア語で、「偉大なる砂漠」という意味だという。

私はサハラに行きたいと思ったが、それはわがままであり、贅沢であることをよく知っていた。しかし私は五十歳を過ぎるまで、桁外れの贅沢やわがままをしたことはなかった。着物にも骨董にも住居にも凝らず、贅沢なクルーズもせず、毎夜バーに行くという習慣もなかった。視力の不足も家庭の状況もそうしたことを許さなかったのである。

しかし眼が見えると、私は一生に一度の身勝手をしたいと考えるようになった。私はそれまでにアメリカのアリゾナの砂漠、サウジやクウェートの砂漠、エジプトのリビア砂漠、後にはゴビ砂漠なども通ったが、多くの砂漠はその中央部を舗装された高速道路が走り、中には送電線が並行して連なっているところもあり、そのような文明と縁が切れないような砂漠は、砂漠ではないというのが私の印象だった。

砂漠には当然のことだが道がない。人が住まないから道など要らないのだ。「なぜ人が住まないの?」と質問する人がいるが、答えは単純で、サハラの九百四十万平方キロメートルという広大な面積の地域にはほとんど水がない。周辺の部分には、水溜まりと言いたいような水源があることもあって、放牧民が家畜の群れに水を飲ますのに使っている。すると家畜の糞が落ちて蠅が発生する。私たち人間は蠅がいると、近辺に水溜まりくらいはあるのだろうな、と察するのである。

しかしサハラの深奥部、一千四百八十キロには全く水がないから、一人の遊牧民も住んでいない。サハラは国としては、モロッコ、西サハラ、モーリタニア、アルジェリア、マリ共和国、ニジェール、チュニジア、リビア、チャド、エジプト、スーダンにわたっている。

道がないのだから、人はどのようにでもそこを通って差し支えない。砂漠は海と同じである。海ほどにも交通の頻度がなく、そこを通るルールもないから、安全も全く保障されていない。総じて南北行には、それでもたまに行き来をする車がある。そのために十キロに一個ずつ、メトロノーム型の三、四メートルの高さのコンクリート製の道標が建っている。その結果、幅何キロにもわたって、南北行のタイヤ痕も残っている。

私は初め、海と同じこの砂漠を乗り切るには、コンパス以外にはないのかと思っていたが、実はこの道標とタイヤ痕を伝っていけば、南北行はそれほどむずかしくない。ミシュランのガイドでも、アルジェリアの北部のオアシス群をたどる舗装道路は、難易度においてもっとも易しいカテゴリー1、南北行がカテゴリー2、東西横断が最も危険なカテゴリー3だったと記憶する。

ミシュランのガイドにも、カテゴリー2以上の砂漠は決して単独行をしてはいけない、と書いてある。

つまり、少なくとも二台以上の車で隊列《コンボイ》を組む必要がある。途中で故障しても、誰にも救援を求めるわけにはいかないのだから、車両はできる限り同車種で二台以上。最悪の場合二台とも動かなくなることを予想して、一台を犠牲にして修理用のパーツを取り、一台を捨てて何とか動く方の一台で脱出するのである。そのために同車種が望ましいのだ。さらに電気と機械の技術者を乗せることが条件だ、とある。

私の想像のつかない世界であった。私はとりあえず昔から知己の間柄にあった考古学者の吉村作治氏に相談してみた。今にして思えば、迷惑な話だったのかもしれないが、私は自分の仕事に関することには、厚かましく、他人の迷惑を考えないたちだったのだと思う。

日本のエジプト学の「開祖」になった吉村氏がエジプトに釘付けになったのは、うんと若い時の事という。以来氏は、砂漠で発掘をして来たのだから、今さらサハラなどに行きたくはなかったのかもしれないが、この話はサハラという場の持つ魔力的力が功を奏してか、必要な人員が集まった。

吉村氏がその昔、ナイルの岸辺で初めて運命的な出会いをしたというカメラマンの熊瀬川紀《おさむ》氏、編集者の田名部昭氏、それに吉村氏の親戚筋に当たる電気と機械の、それぞれの若い技術者たちが、そのメンバーだった。

このメンバーを決めるまでに、ちょっとおもしろい会話があった。私が一番年上で、当時イギリスはサッチャー政権でもあり、女性が偉そうな顔をするのが流行になりかけた時代だったので、私が表向きの隊長になったが、私ほど砂漠を知らないものはなかったのである。惰弱《だじやく》な編集者が多い中で、田名部氏は大学時代探検部の部員で、重い荷物を背負って歩くことに馴れていたし、カメラマンの熊瀬川氏は、職業柄あらゆるむずかしい土地や風土を知り尽くしていた。そして実質隊長は、当然吉村氏だったのである。それで私は極く初期の計画を立てる段階で、隊長に訊ねた。

「どういう基準で、隊員を決めるんですか？」

吉村氏は第一に運転歴ができるだけ長い方が望ましい、と言った。つい最近、免許を取ったばかりです、というような人では、砂漠の運転にも耐えない、というのである。運転がうまくもなく、好きでもなかった私は、その条件に当てはまるか不安になったが、私はとにかく二十年以上、運転はしていた。

吉村氏の挙げた第二の条件は、英語、フランス語、アラビア語などのどれかの語学が、うまくはなくてもいいが、少しは扱えるという事であった。ほんとうはトアレグ語などができればいいのだろうが、それはほとんど望めないだろうから、道を聞いたり、物を買う時にどうやら役に立つ言語という意味だったろう。

カメラマンはフランスに住んでおり、吉村氏はアラビア語が出来たから、そして私は少しは英語を使えるから、まあこの基準には当てはまった。

しかし吉村氏の挙げた第三の条件は、私の瞠目《どうもく》するものだった。

「僕は、これまでの人生で、運のいい人を連れて行きたいんです」

私は何でもちょっと、その場で人に逆らう趣味があった。

「どうして？　運の悪い人じゃいけないんですか。運は変わるかもしれないじゃありませんか」

「砂漠は違うんです。日本だったら、少々運が悪くても、その人は大丈夫生きていけるんです。しかし砂漠に行くと、たった一人の持ち込んだ悪運で、全員が死ぬこともありますから」

この運というのは、実は大して厳密なものではないらしかった。二度も三度も、交通事故や火事に遭ったり、家族が病気をし続けたりする程度のことらしい。ただ砂漠というのは、それほど救う手立てのない場所なのであった。しかしこういう言葉は、「民主主義日本」の日常では聞くことのできない言葉だった。人間は皆平等だ、と教師が教えたからである。「努力すれば必ず何とかなる」である。しかし吉村氏と同じ事を松下幸之助氏も言っているという。企業家と考古学者とは立場は違うが、扱う現実を熟知していたのである。

企画を聞いた友人は、私に「医者も同行するのですか？」と聞いた。しかしそんな人数の余裕はない。使う車両は、四輪駆動車二台だけで、そこに燃料、食料、水など一切を積まねばならないのだから、万が一の時の医師を同行する余裕などない。つまり健康が最低の資格、後は運というものを信じる他はなかった。

「しかし中に胆石みたいな『石持ち』はいないの？　あの発作が起きると苦しくて大変なのよ。せめて痛み止めの座薬くらいは持って行ったらどう？」

と言ってくれた人はいたが、私は当惑しながら答えた。

「ええ、だけどそれはたぶん無理だと思うわ。座薬は人間の体温で融けるわけだけど、サハラの気温はそれより常に一〇℃以上も高いわけだから、薬が保たないと思うの」

救いようのない部分を容易に想定でき、それを納得するかどうかが、こうした旅に参加するかどうかを決める当人の「自己責任」なのであった。

第9章

偉大なる砂漠——2

私がなぜサハラ縦断をしたいと思ったかと言えば、それは当時（私だけではないが）日本人が置かれていた日常と、正反対の空間であるからだった。

言うまでもないことだが、私たち先進国に住む国民は、清潔な飲み水と下水道の整備、電気そのものや、電話などの通信網がいつでも使えて当然と思い込んでいる。合理的な建築の家が室内の気温を極寒や酷暑から守り、私たちを清潔に保つ温水を確保し、毎日の調理用の燃料を、樹木の伐採をせずに可能にする。

それから先の恩恵は、述べきれない。電気があるからこそ、私たちは、移動、通信、医療、教育などを受けられる。あらゆる便利な「道具」はすべて電気の産物である。

ついでに言えば、民主主義も電気のないところでは、定着しない。民衆に現在のような選挙制度の基本になる立候補者の公約を伝えられないし、路線バスも電車もない荒野の隅々では、選挙の結果を公正に集計する保証もない。結果の集計が半月、一カ月かかるということになると、その間に投票箱が紛失したり、投票数の数え方を間違ったりする投票所が出るからだ。

その結果どういうことになるかというと、いつの間にか英語で「ネポティズム」と呼ばれる形態、有力な一族が他部族や他の家門《かもん》を追い出して、身内だけで政治的役職を占めるような、昔ながらの族長支配の制度を取るようになる。電気は民主主義の根本を支えるものなのである。

私たちは「ミノムシ」に似ていた。体を覆っている筒型の鞘《さや》から出してしまえば、ミノムシは私のように昆虫学の知識のないものから見れば、ただのミミズに似た虫にすぎない。私たち人間は、裸体という、犬猫にも劣る毛も生えていないみじめな生体を守るために、着たり、囲いの中に潜んだり、水浴びをしたり、飲んだり食べたりして、生きている。

しかもそれをできるだけ快適なものにしようとして、日々努力をしている。私が、ではない。他人が努力をして発見し、整備してくれたものを享受して、さらに便利になることを期待している。

最近、私の知人が標高二千メートルを超える高原に、夏場だけの別荘ではなく、一年中住み着くようになった。雪もそこそこ降る。もう若いとは言えない人が、どうして暮らすのかと、私は心配していたが、行ってみると、分厚いカタログのようなものが暖爐《だんろ》脇に置いてある。今やデパートにさえ体力的に行けないので、服まで通販で買っている私は、衣類カタログだろうと思ったのだが、実はそれは食料品のカタログであった。

ハイカラなフランス料理の冷凍もある。ハムやチーズも、ワインもシャンパンも頼めば持ってきてくれる。豊富な品揃えである。それらを携帯かネットで注文しておけば、門の前の箱の中に届けておいてくれるというのだ。かなりの豪雪の時でさえ、配達は若者の手でなされているという。

サハラはそうはいかない。電気・水道・ガスがないだけでなく、携帯も通じず、警察も、医療機関もない。そもそも人が全くいず、家一軒ない。あるのは砂丘か、だらだらした石まじりの荒野である。

私は戦争末期、十三歳の子供で、しかも工場労働者だった。国家が十三歳の女子まで、戦力増強のために動員したからである。だから働くことにも、アメリカ軍の爆撃にさらされることにも馴れている。しかし水も電気も、お隣さんもないところで暮らしたことはない。

サハラに入る人間は、二つの面と闘わねばならなかった。一つは、日本にいる時と近い暮らしをすることを放棄しなければならないのである。つまり村も町もなく、したがってスーパーもコンビニも食堂もない数千キロを、毎日自分で食事を用意しながら、地中海に面したアルジェリアのアルジェから、アフリカの顎の下に当たる大西洋に面したコートジボワールのアビジャンまで抜ける、という大移動をしなければならないのである。

砂漠の中央部の安全な無人地帯の千数百キロを、歩け、とか、ラクダで移動しろ、と言われるのではないから、私はできるだろう、と思ったのだが、それは自動車が故障しないか、故障した車に乗り合わせた誰かが修理できる、という条件が可能な場合だけだった。逆に、日本では考えられないことだが、車の故障は命取りにもなるのである。

数キロか数十キロ走れば、必ずガソリン・スタンドがある日本と違って、最大の危険は、車が燃料切れになることだった。村がなく、人もいないのだから、ガソリン・スタンドなどあるはずもないし、それ以前に、日本だったら故障車に対するＪＡＦのような「お助け」制度もあるが、サハラには電波を飛ばす設備も受けるシステムもないのだから、故障したら自分で直す他はない。つまりガソリンも、直す技術も、すべて自分で「携行」する他はないのである。

一リッターのガソリンで、自分たちの使う四輪駆動車が荒野を何キロ走るものか、私にははじめ予想がつかなかったが、サハラは場所を選べば、思ったほど車輪が深く砂に沈むということもなかった。細かい石のようなものが表面に散らばっていて、出そうと思えば私のような素人でも時速百五十キロを出すことはそれほど不可能ではない。

しかしそのためには、砂の深くない地面、すぐ下に岩が隠れているかもしれない砂地を、瞬時に識別する眼は必要だった。私はそれを砂漠に入って、三十分もすると会得した。

自分で持って行くのは水も同様であった。とはいっても、水とガソリンでは保管の方法が違う。水は一人一日あたり四リッターの計算がふつうである。その他に生活用水のような水もいる。私ともう一人の隊員は水しか飲まなかったが、後はワイン大好き人間ばかりだったので、驚いたことに名目隊長の私に隠して、六十リッターほどのワインを積んでいた。「これだって、曽野さん。最後には水と同じですから」というのがそのいいわけだった。

私たちはそれぞれの車の室内に、長距離トラック用の二百リッターのガソリンタンクを設置し、他に軍用のガソリン携行缶（二十リッター入り）を五本ずつ、前部のバンパーか屋根の上に括《くく》りつけていた。しかしそれだけでは済まなかった。

私が砂漠で初めて教えられたことは、三時間に一度くらいずつ、こうしたガソリンの保存容器の口を開けて、溜まった気化ガソリンを抜いてやることだった。直射日光の下なら気温は摂氏五十度以上。車内でも三十数度にはなっている上、絶えず揺すられているガソリンは一部が気化して危険な状態になっている。タンクの口を開けると、気化ガソリンは猛烈な勢いで霧状になって噴き出す。その他にもわずかな漏れが、室内にも溜まっていて引火の危険がないとは言えない。

吉村作治隊長は「タバコ飲みは、一台別にしましょうね。僕たちまで彼らと一緒に焼き殺されたらたまらないですからね」と大きな声で言い、一台を喫煙車、一台を禁煙車にした。しかし厳密に喫煙時間を取るために車を止めた。

それはタバコの時間でもあったが、誰かが黙っていても一台の車のボンネットの上に、アメスコと呼ばれる短いスコップとトイレットペーパーを出す制度が出来た。トイレをしたい人は、その二種の携帯品を持って、少し遠くか、岩漠と呼ばれる地帯なら、岩陰に行けばいいのである。しかし砂漠の猛烈な暑さと乾燥のおかげで、私は日中ほとんどトイレに行く必要を感じなかった。

その代わり、私は賄《まかな》い小母《おば》さんとして、昼御飯の時に必ず飲み水の大瓶一本に、ポカリスエットの粉末一袋を溶かしたものを用意し、それを総合ビタミン剤一粒と一緒に、強制的に皆に飲ませた。それをしなければ、自分で気がつかなくても水分ではなく塩が不足して来て、頭痛や、時には吐き気さえ起こすのである。

私たちの車には、一台に牽引用の装置が付いていて、砂にスタックしたもう一台を引き出せるようにしてあったが、それを使わねばならないことはあまりなかった。私たちはただもう一台の車とはぐれることを怖れていた。

今と違って、携帯電話時代でもなく、衛星電話を使って現在位置を出せる時代でもなかったが、とにかく砂漠ではぐれると、食糧と水の不安が生じる。全体の量としては十分に積んでいるのだが、二台に均等に分けて積んでいるわけではないから、困るのである。

各車両はウォーキー・トーキーのような連絡用の器機を持っていたが、それでも一旦、お互いが視界から消えたら、再びどのようにして出会えるのか、私には分からなかった。コンビニや銀行の角で会おう、ということが砂漠ではできないからである。

二台は埃を避けるため、前後してやや左右に展開するという隊形を取り、助手席にいるものが絶えず他車の助手席と連絡を取り、かつ二台が必ずお互いに視界の中にいることを義務付けた。この間のやりとりはなかなかおもしろく、運転手の眠気を覚ますのに役立った。

どんな話だったか、ここで開陳したいところだが、こうした無線局は、もっと公的なものなら「電波法」の規則を受けて内容を漏らしてはいけないことになっているというから、私もそのひそみにならって彼らのプライバシーを守ることにする。

しかし砂漠では、社交的な会話は通用しない。もっと強烈に構築された、架空の話題、いささかひね曲った悪口、ギョッとするような心配と喜びなどの表現が必要だ。それらがないと、一日中景色の全く変わらない砂漠では、話題がなくなる。

サハラに入る前、私は実は「お客」として参加するつもりであった。人間は言い訳というものを用意する点に関しては天才的な才能を発揮するものである。私は遠征の数年前に、複雑な眼の病気をして、手術で視力を取り戻したばかりの、いわば病後である。だからいつもサングラスをかけているように言われている。さらに私は五十歳を過ぎていて若くはないということは、怠ける場合の最強の口実でもある。

最後の理由はもっともいやらしいもので、私自身も本気で信じているわけではなかったが、私は、この企画のスポンサーである。自分が砂漠に行きたかったからお金を出したのは当然なのだが、サハラ向きに特別仕様をした特注の四駆二台の代金を払ったのは、私だ。

だから私はスポンサーとして、特別扱いをしてもらい、ただお客さんとして乗っていてもいいだろう、と打算的に考えてもいたのである。

しかし吉村隊長はそんなことは少しも意に介していなかった。吉村さんは、私にも毎日同じ時間だけ運転をさせる時間帯を一方的に設定した。後で考えると、それは他の男共が、昼御飯にワインを飲んだ後、眠くなる最悪の時間帯で、誰も運転する希望者はいなかったのである。それなら、酒を飲まない小母さんに押し付けろ、と思ったのはかなり合理的なことではある。

そもそもサハラは道路ではないから、酔っ払って運転しても規則違反ではないのである。第一、同じ方向に行く車は始終一台も見かけず、対向車だって二十四時間に一台かそこら、遥かかなたを砂煙をあげているという形で見えるだけだから、どんな酔っぱらいが運転したって衝突する危険はない。

もっとも後になって、私はこの砂漠の勤務について吉村隊長と話したことがある。隊長によれば、砂漠ではお客を作ってはいけないのだという。あらゆる人が働かねばならない。お客を許すと、その人から隊の組織が崩れてくる。客というものは野放図《のほうず》に文句を言うものだからである。

こういう考え方は、飛行機が墜落し、全員死亡ではなく、生存者が出た場合も同じだということが分かった。墜落後、乗員の生死の確認や負傷者の手当てが終わったら、すぐに動ける人には仕事を割り振らねばならない、と、小型機に備え付けの「緊急時の《エマージエンシー・》注意書《チエツク・ブツク》」には書いてある。

自分がそのグループにおいて必要とされている人間であると認めることが、逆にその人と、グループ全体を救うのである。

確かに砂漠には、砂漠独特のモラルとでも言いたいような掟《おきて》がある。

砂漠では、全てを単純にしなければならない。自動車の仕様一つでも、パワーハンドルや電動式の窓の開閉装置をつけてはいけない。壊れる要素を多く作るということが危険に繋がるのだ。生活は、単純が一番いい、と砂漠は私たちに体で教える。

もっともそれを知りつつ、私たちも愚かな用意をしていた部分があった。私たちの四駆には、砂嵐に備えて、フロントグラスの外に防砂塵用のカーテンをつけてあった。もしこれをつけないで砂嵐に遭うと、フロントグラスが一夜のうちに擦りガラスになり、翌日からの運転が不可能になる、と考えられたからである。

しかし私たちは砂漠の入り口近くで、一台の幌《ほろ》なしトラックに会った。これはオランダ人の観光客を乗せてダカールかどこかに行くツアーで、客は無蓋《むがい》トラックの上に置いたベンチに座っているだけだった。

一台で砂漠に入ることは危険だという警告を無視して、このオンボロ・トラックはたった一台だけだったし、私がもっとも感心したことは、このトラックの運転席には、最初からフロントグラスが入っていないことだった。ドライバーは、ゴーグルだけで、砂嵐に耐えるつもりなのだろう。

砂漠で満月を迎えた夜、私はあまりの美しさに、自分の死を許容した。砂を撒いたような星、天空を斜めに走る人工衛星、そして流星と、現世でこんなに壮大な宇宙の清明《せいめい》さを見られた。豪華な天体の真下におかれた自分が、瞼《まぶた》を閉じていてもまだまぶしくて眠れないほどの月光に照らされた夜を過ごした以上、人間として贈られる体験はすべて受けた、と思えたのである。

出発前に、私は一人の知人から、この旅行はすべきではない、と言われたことがあった。せっかくいい友情を築いていた仲間が、多分深刻な喧嘩をし、再び口もきかないような仲になって帰るに違いない、と言ったのである。しかしその予想は見事に外れた。私たちは、誰も決定的な喧嘩などしなかった。真相は神にしか分からないが、人間の考えられる範囲で推測すると、それはその旅が、多分危険と紙一重のところに絶えずいたからだろう。

私は見栄っ張りではないつもりだが、もしその時僅かでも見栄があったとすれば、それは私たちが劇的な事故になど遭遇せず、銀座に遊びに行ったような顔で帰って来たい、ということだった。しかしこの旅にはやはり潜在的な危険がなくはなかったのである。「紙一重」があったから直接には見えなかったが、私たちは全員が心を合わせて、生きて帰ることを目指さねばならなかった。その目的のために、私たちは決して対立しなかった。

人間は生涯に一度は、この程度には厳しい旅をした方がいい。「人生は単なる旅にすぎない」というが、旅は本来、いささかの危険を含んでこそ、旅なのである。

第10章

歩ければ日本中に行ける

実は私は、人のことをよく知らない。

知ろうとする意欲がないのは、初めから人のことはわかるわけはない、と思っているからでもある。私が他者について与えられた知識は、多くの場合、不正確な噂話にすぎず、後で他の人から聞くと、なんであんな間違った話が伝わったのだろう、と思うようなことばかりだ。

だから私は本質的に、噂話が好きではない。他人は、或る人の本質について語る資格はないからだ。そもそも「間違った事実」というものはないはずなのだが、そうした「架空の現実」に基づいて語られる噂話は退屈なのだ。噂話ばかり延々とし続ける人も好きになれない。

他人と会う時、人は、自分自身のことか、自分の体験したことを語るべきだ。アラブの格言にも、「賢い人は見たことを話し、愚か者は聞いたことを話す」というのがある。

自分が失敗したこと、驚いたこと、いくらでも話す種はある。というと、世間には、会話というものは、何か高級なことを話さなければならない、と思っている人がいるらしい。しかし話というものは、どちらかというと低級なこと、身近な出来事でいいのだ。

最近、我が家では、週末だけ働きに来てくれていた女性が辞めることになった。当然のことだ。彼女は九十二歳なのである。しかし健康で頭も耳も衰えていず、何より素晴らしいのは労働の意欲と責任感があって身だしなみがいいことだった。

私など朦朧《もうろう》とした顔で、始終顔も洗わずに食事に起きてくるのに、その人は、元々美人でもあるが、薄化粧もして髪も整えている。

我が家では、その婦人が「大丈夫です、まだ働けます」という言葉を信じて、その年まで、週末二日半の雇用をし続けた。日給は高くはないが、平均値くらいの値段であった。働けなくなるまでという約束だから、定年もなかった。

こういうのは、非正規雇用なのか、正規雇用というのか、私にはよくわからない。ただ我が家の雇用関係は、今まで大きな問題もなく、実に長い間、穏やかで温かい人間関係で続いてきたのだ。

世間が何と言おうと、私は結婚して赤ちゃんを産んだ女性が、外で働くことは無理だし、子供にもよくないと思っている。雇う方も子供が熱を出したら、母親をすぐ家に帰さねばならない。そんな状況の人を「一人前の働き手」としては、我が家程度のいい加減な事業所であっても雇えない。職業というものは、もっと厳しいものだ。

それは女性への性差別でもなく、個人能力の軽視でもない。幼い子供を持った女性は、一人の人間を育てる、という世間の会社勤めなどよりはるかに重大な事業に従事している。そこがわかっていないから、上辺の摩擦が起きたり、男女の能力に差別をつける、などというトンチンカンな論争が起きる。

男も女もない。一般に仕事というものは、いつでも継続して果たせる状態で一人前なのだ。どんな家庭の事情があろうと、それが不可能な人は、責任あるポストを任せられなくても当然だろう。殊に子供が生まれたことによる一時的な事情なら、子供が大きくなってから、改めて本気で仕事に参加してもらって、充分間に合うことである。

我が家には、他の秘書たちにも定年がない。最初の雇用契約を結ぶ時から、子供が生まれたら、一応職を引いてもらうことにしている。その代わり、子供が小学校に上がるか、小学校の高学年になるか、中学に上がるか、人により、子供の性格により、家庭の事情により差はあるが、少し子供の手が離れた時、全員再雇用をするという条件で、我が家では、歴代三人の秘書たちに、その約束を守って来た。今でも乳飲み子を抱えた母親に、一人前の仕事はできない、という前提を変える気はない。

何歳でも働ける間は働いてもらう。総理が「一億総活躍時代」などと仰るはるか以前から、我が家は「生きているうちは働く」であった。働くということが、その人にとっても仕事を頼む側から見ても、いいのである。遊びたい人は、初めから勤めなければいいだけのことだから。

私は今八十四歳で、毎月連載を約百枚くらい書いている。その他に小説が随時入る。流行作家に比べたら、十分の一にもならない量だが、私の本職は今、夫の介護人なので、副業として可能なのはこの程度のものかもしれない。

少ないから書くことに困ったこともない。体力はないので、暇な時間には、ベッドにひっくり返ってよく本を読む。とにかく私は、料理もすれば片付けもし、何でもする。人間は雑多な面で働くのが、死ぬまでごく普通のあるべき姿だと思っているからだ。

私が今たった一つ願っていることは、家の中に、陰々滅々とした暗い顔をしている人がいないことだ。もちろん誰もが、体の悪さや心配事が少しあっても、それを抑えて働いてくれているのだろう、ということくらいは容易に想像がつく。しかしそれでいいのだ。人間は無理して明るく振る舞っていると、やがてそれが実感になってくる面もあるのだ。

だから私の最近の道楽は、同じ屋根の下にいる人を、今この瞬間できるだけ楽しくすることである。仕事を怠けさせることではない。清潔な空間で、透明性もあり、意義もある仕事をしてもらい、それに対して感謝し、お互いによく喋り、我が家の「社員食堂」（最近ではサラメシというのだそうだが）を栄養のいいものにし、昼間だけの家族の健康を守ることである。「一瞬が暗い」より、「その時が楽しい」ようにすることは、大きな意味がある、と思っている。

今、この一瞬を楽しく！　という私の希望は、しかしそれほど簡単なことではない。私の父は少なくとも、そういう人ではなかった。他人に厳しく、いつでも文句を言っていた。だから今の私は、そのおかげで、こういう生き方を覚えたということもできる。それ故に「逆境もまたよきものかな」であり、「反面教師」の意味のありがたさも、自分のものになったのだ。

しかし過去を振り返ると、人生で本当に楽しい人という存在は常にあった。もちろんその方の本質を私は知る由もないのだ、という点で、今回の長い前節を許してほしいのだが。

一人はもう亡くなったが、セイコーインスツルメンツの社長でいらした原禮之助氏であった。氏は私の学生時代に一年上級生だった塩原邦子さんの結婚相手だったので、お知り合いになれたのだ。

夫人の邦子さんは、三共製薬の経営者塩原家のお嬢さんで、ほんとうの上流階級の育ちだった。その自宅は、帝国ホテルを作ったライトが建てたものだという話もあり、真偽のほどは今でもよく知らないのだが、そう言われても納得するほど桁外れの豪邸であった。つまり私などが考える富豪の家の規模とも贅沢さとも違う贅沢な家であった。

もっとも邦子さんによると、あの家は実に使いにくい間取りだったというから、便利さの点では、今のプレハブ住宅の方がずっと家庭の温かさを伝えるには適当だったということはあるらしい。

私の学生時代には、まだアメリカに留学するというのは、ほんとうに恵まれた一部の人にしかできないことだった。邦子さんもアメリカのどこかの名門大学に留学し、その途上で一人の日本人の青年と知り合った。それがのちに結婚することになった原禮之助氏であった。

二人はアメリカの西海岸と東海岸の大学に分かれて留学していたのだが、その間、二人のラヴ・レターが航空便で（当時は電話もそれほど便利ではなく、もちろん携帯やメールなどというものもなかった）アメリカの空の上を飛び交っていない日はなかった、と見て来たようなことを教えてくれた人もいる。

何よりも実に上品で美しい邦子さんと、後年、少しマッチョが売り物であったのかもしれない原氏とは、日本人の夫婦としては、誰が見ても理想の知的なカップルだった。

それから数年、私は執筆と子育てに髪を振り乱して格闘し、邦子さんもお嬢さんを育てられるのに、忙しくないことはなかったろう。私たちが、のんびりと会う機会を持ち始めたのは、それから何十年も経った後だった。

原氏は当時まだ現役で、会社の役員をしておられたはずだが、私たちはそろそろ定年後のことについて口にしてもおかしくない年頃になっていた。

原氏は、東大で無機化学を学ばれた方だから、その発言は非常に科学的だった。一方私たち夫婦は、揃って文学部系で、その場限りのでたらめや思いつきで物事を喋る。私たちはその違いを楽しみ、原氏に尊敬の念を抱いていた。

まだ定年にならない前の原氏は、実に楽しい老後の計画を立てて、私たちにそのことを話して下さった。

それによると、原氏は、百歳くらいになると（恐らく奥さんもお亡くなりになっているだろうから）、その辺でタレント・デビューをするのだという。「どういう芸当をなさるのですか？」と私が聞くと、まずお得意のアコーディオンを弾きながら歌う歌手になる。

持ち歌は「今日も昨日も異国の丘に」という戦後のシベリア引き揚げの歌だから、戦争を知らない世代に受けるかどうかは疑問だが、とにかく弾き語りをする。

それから、その頃になると、大方の老世代は死に絶えているだろうから、「初めてカラーテレビが放送された日」とか、「新幹線が営業を開始した頃」とかいう番組には必ず出演して「時代の語り部」になる。

大方の老世代が死に絶えても、原氏が生き残るのは、完全な栄養のある食事を取っている上、今でいうサプリメントも完璧に揃えているからだという。

その光景を見たことのある人の話によると、氏のお宅には昔の薬屋に近いほど、漢方薬や錠剤の揃った薬のコレクションがあり、原氏はそれから何種類もの補助栄養を取る。もちろんそのコンビネーションは、一つ一つに科学的根拠のあるものを選んでいるわけだ。そうしたすべての話は、邦子夫人もいられる前で、私たちに語られる。もっとも邦子さんは、また例の話か、という感じでおっとりと聞き流しているだけだったが……。

原氏によると人間の細胞は百二十歳までは保つようになっているのだそうで、だから原氏も、その年まで生きる予定だった。

ただ食物や薬だけでは、人間の生命力は保たない。運動もいるし、性ホルモンの分泌も活発でなければいけない。だから社交ダンスをする。

もともとこの夫妻は、国際原子力機関の専門職として赴任されていたウィーンでは、本職のかたわら、ダンスをなさる機会も多かったらしいし、ごひいきのピアニストの演奏を聴くために、クリスマス近くに、「彼女に捧げる花束を車に積んで、雪の道を何十キロと走って、コンサートを聴きに行きました」などというお話を聞いたこともある。

原氏は、いたずら中学生のような話を楽しむ方で、他にも長生きに必要な様々な老後の過ごし方を口にした。

まず一切の職を引いたら、楽しいことだけをして過ごす。昼間は、社交ダンスの教室を開く。ホルモンのためである。

それ以外の日には、ホステスさんたちに、寝物語に必要な英会話を教える。そして夜は白タクの運転手をやる。人生の素顔を見るためだ。

我が家の夫も、口だけではずいぶん危険な会話をするのが好きな性格だったから、二人はそれなりに息が合い、浮世の約束や常識から解放されると、こんなにもおもしろい暮らしが出来るということを、勝手に話し合った。

人生で、長年深く付き合うということはなかったが、原禮之助氏のことは我が家でよ

く楽しい会話に登場した。氏が何となく、百二十歳まで生きるということは、間違いのないことのように思われ、私は邦子さんに、

「ご主人は、もちろんお元気なんでしょうね」

というような聞き方をすることもあった。

すると邦子さんは時々、

「何だか、頭の方は惚けて来たみたいよ」

と裏切ることもあったが、それは東京人独特のしゃれた笑いに繋がるもので、つまりはお元気ということであった。

百二十歳ではなかったが、原氏は昨年十一月、九十歳で亡くなったという。やはりかなりの長生きであったし、生活上では実に粋な老年を過ごした方であった。

老年になると、急にしぼんで精彩がなくなり、何をして毎日暮らしていいか分からなくなる人はけっこう多い。社会的に重要なポストに就《つ》いていた人ほど、そういう結果になっているようにも見える。

それはそうした人々には、全て若い時からいつも助手だか秘書だかがぴったりと付いていて、自分で青年のような夢を描いたり、日常生活をそれなりに変えるための細かい

段取りを実行に移すという訓練をしてこなかったからである。

昔私は十年近く、財団に勤めたことがあるが、その期間に文筆業者の生活しか知らなかった私は、実に多くの世間知を教えてもらった。

「曽野さん、世間のお偉いさんは、失脚が怖いと言いますけど、それは、文字通りのことなんです」

つまり運転手さん付きの専属の社用車が取り上げられるのが困るというのである。この話を夫にすると、彼は嬉しそうに笑った。

「僕は、運転手さん付きの車に馴れるような暮らしはして来なかったけれど、自分でどこまででも歩けるから、車がなくても少しも怖くない」

と威張った。

それを見せつけたのは東日本大震災の時であった。彼はその時、東京の大井町というところにおり、私は神奈川県の海の傍にいた。やっと電話が繋がった時、私は彼の歳（当時八十五歳であった）を考えて、

「今日はうかつに動かずに、そこに泊めて頂きなさいよ」

と言った。地震直後は私鉄の電車が止まっていても、明日になれば動くだろうし、鉄

筋コンクリートの建物の中なら、余震が来ても、木造の古い我が家よりも安全だ、と考えたのである。すると彼は「うん」と言ったが、その声のいい加減さから、私は夫が私の言う事を聞くわけはない、と考えていた。

果たして彼は、三時間もしないうちに約十キロの道のりを歩いて我が家に帰りついた。

「おもしろかったぞ！」

と夫は電話口で私に報告した。

「中原街道は車の渋滞で大変だった。僕は、歩いて何百台もタクシーを追い抜いた。こんなおもしろいことはなかった」

まだ私たちは、東北の惨状を十分に知らされていない時刻だった。夫の趣味は幼稚で、中学生くらいの歳の男の子のものだ。

しかし、歩けるという自信は強い。歩ければ、日本中どこへでも行ける。電車が動くか動かないなどということは、さしたる大事ではなくなって来るのである。

第11章　ベルガモの花々

五十三歳の時、サハラ砂漠を友人たちと二台の四駆で縦断したのを皮切りに、アフリカと深い縁を持つようになってしまったことを、私は何度か書いているが、それほどそのことは私の後半生に大きな影響を与えたのである。

私は信仰薄いキリスト教徒だが、ともかく一神教の信者なのである。ユダヤ教、キリスト教、イスラム教はすべて、人間の生活にとっては苛酷《かこく》と思われる荒野や砂漠の縁辺に発生した。ガスや電気の供給など、現在でもまだ見たこともない人がたくさんいる土地だ。一神教は、今日でも飲み水の供給にさえ事欠きがちな厳しい環境の土地に生れた。その現実を知りたくて、知人たちと砂漠の縦断に出たのである。

私はいつも信仰の遠い端っこにぶらさがっているつもりなのだが、砂漠という欠乏の状況は、信仰の立場からみると決してひどいマイナスの要素だとは扱われていなかった。イエス自身、荒れ野に四十日退いて、そこであらゆる誘惑を受け、退けられた。砂漠は人間を鍛える土地でもあるのだが、今日の日本人にはそうした思想はかけらもないのである。

エジプトの初期の修道院の「隠修士」たちは、主に上エジプトの荒野の中に、一種の城砦に似た作りの修道院を建て、そこでわずかな手仕事（例えばバスケット編みなど）をしてその製品を売り、食費を稼いで祈りの生活をしていた。しかしいずれも人里遠く、訪れる人もなく、豊かな緑もなく、塩分の多い水を飲んで生きていたように見える。

私は自分が弱いから、こうした強固な意志の元に、神の声を聞きつつ生きる人たちに、深い尊敬と魅力を感じていた。今日でも修道院という組織は、その創立時の目的によって、それぞれ違った使命を帯びている。初期の砂漠の隠修士たちのように、祈りだけが主な目的を持つ修道院は、今でもある。北海道にあるトラピストやカルメル会のような「観想会《かんそう》」と呼ばれる修道会である。他にも私の出身校の聖心会のように、子女の教育を目的にした修道院もあれば、病院や老人ホームや障害者施設のような組織を経営するグループもある。従って病院で働く修道女たちは、ほとんど全員が、その国で通用する正規の看護師の資格を持つ人たちである。

私は何十度もアフリカへ調査のために行ったが、田舎ではできれば修道院に泊めてもらうことにしていた。最大の理由は、町のホテルより、修道院の方がはるかに清潔なのである。町で一番のホテルでも、私たちはその調理場まで検査するわけにはいかない。するとハエだらけだったり、食器洗いの水が汚かったり、床を拭く雑巾でまな板を拭いたりしている。不潔とはどういうことか理解できないから、そうなるのである。私は自分自身が丈夫だったから、不潔にも慣れるように自分を訓練していたが、或る年、帰国してまもなく（この時はインドネシアだったが）A型肝炎にかかった。道端で土地の人の食べるようなものを食べたのが、原因だろうと思われた。幸い入院もせず、二週間くらいで肝臓の指数も平常に戻ったが、これが勤め人の男性だったら、会社は休まねばならない。奥さんは、ご主人が途上国へ行って、悪い病気に罹《かか》ったとひどく心配するだろう、ということで、できれば、修道院に泊めてもらう方法に切り換えた。修道院という所は、修道者たちが生活する「禁域」と呼ばれる建物の外側に、旅行者を泊める施設を持つところが多い。というか修道院は、昔は旅人を泊めることが一種の義務でさえあったのである。それは困っている人は助けねばならない、という聖書の教えを守るためであった。

現実には、修道院のシスターたちは、労働を主な職務としている人でさえ、ちゃんと教育を受けていた。貧しい家の娘がシスターになることを希望すると、修道院が学校に送るからである。だから菌を防ぐにはどうしたらいいか、ということも理解できるので、出してくれる食事も清潔に作られている。

私がアフリカへ若い人々を連れて行くようになったのは、彼らがあまりにも現代の途上国というものを知らないからであった。電気がないか、一日に何回も停電するような国では、どう暮らしたらいいのか、その「技術」を持っていないのである。「懐中電灯や補助の電池を持って行ってください」と言うことはたやすい。しかし大抵の日本人青年は、現地で懐中電灯を肌身離さず持ってはいないのである。停電になって困るのは普通夜だから、急にあたりが真っ暗になると、そこで懐中電灯の出番になるのだが、大きなカバンに入れたままの非常用懐中電灯は、暗闇では探し出せない。懐中電灯がいるのは、真っ暗な時だ、という実感がないのである。

或いは「マラリアに罹らないために、夜は蚊とり線香をつけて寝てください」と私は警告する。青年たちはきちんとその警告を守って日本から蚊とり線香を持参する。しかし火をつけるものを持っていない。マッチもライターも持っていないのは、日本ではその辺で簡単に「火つけ用具」を買えるか、どこかで手に入ると思っているからである。私はタバコを吸わないが、外国に行く時は、必ずハンドバッグにライターを入れて行く。別に行き先国で、放火をしようというわけではない。蚊とり線香に火をつけるため、出先の修道院で台所を借りる時、竈《かまど》の火やブタンのガスをつける時のため、或いは灯火用の石油ランプに火をつけるためである。ライターは最近の航空関係の規則では、チェックインの荷物には入れられない。

二〇〇九年、私はコンゴ民主共和国のキクウィートという町を訪問する計画を立てた。アフリカまで高い旅費（航空料金は当然ながら遠くなると高い上、アフリカなどには行く人も少ないから、ハワイやパリ旅行のように、時々格安料金のツアーが出るということもないのである）を払っていく以上、参加者は物見遊山ではいけない。明確な研究の目的を持つべきだ、というのが、私の考えだった。

当時、私は既に九年半勤めた日本財団を辞めていたが、在任中に始めた「アフリカの貧困の実態調査」とでも言うべき勉強のための旅行は続いていたので、私は自費で参加することにしていた。私はアフリカで働く日本人の神父や修道女たちとも面識があったし、そうした問題の土地に入って調査をするための繋《つな》がりも持っていたから、少しは役に立つだろう、と思ったのである。そして私はその年のテーマを、感染症対策に重点を置くことにした。

これまでの日本は防疫・検疫の手段がすばらしかったせいか、エボラ出血熱やＳＡＲＳなどという死亡率が高い感染症が国内で流行するという危機も体験しなくて済んだ。しかし年々、アフリカで仕事をする商社マンやエンジニアは増える。自衛隊は、国連平和維持戦力として、いつどこの国への派遣を命じられるかしれない。その時、その国の道路や水道はどうなっているか、住民はどういう生活をしているのか、風土病はないのか、マラリアはどの程度多いのか、などという問題に関して知る人がそれほど多くないのは危険だ、と思ったのである。

アメリカでアトランタにCDC（疾病対策予防センター）という世界的な研究機関があり、そこではいかなる危険なウィールスも安全に扱える陰圧装置つきの研究棟もある。日本にもそれらの概念を意識した病室をわずかながら持つ病院もないではないが、当時私が知っている範囲では、まことに準備はお粗末なものであった。ことが起きてから動くのでは遅い。起きる前に、備えるのが望ましいのだ。

私はそれまでにコンゴ民主共和国に二度ほどでかけていて、一九九五年に爆発的に蔓《まん》延《えん》したエボラ出血熱のことも聞いていた。その中心になった場所の一つが、首都から五百キロほど離れたキクウィートという地方の町で、そこではエボラ出血熱の死亡率は七七パーセントに達したと言われていた。

幸いその年の調査旅行には、厚生省、防衛省、国立感染症研究所から、三人のドクターが参加したので、私の目的は決して無駄ではなかったと言ってもよかった。

キクウィートは、コンゴ民主共和国の首都・キンシャサから五百キロ東にある。鉄道はなく、道路は悪路で、多分時速三十キロ出すのがやっとというような道だろうし、途中でろくな修理工場もない。五百キロを行くには無事に車が動いても三日はかかると見なければならないだろう。私たちは、慎重な人は決して乗らないというロシア製の古いアントノフという飛行機で、この区間を飛んだのである。

キクウィートの印象で今でも強烈に残っているのは、広いだけでろくな店舗もない目抜き通りの所々にある、公共の水道栓に群がる女性たちであった。水は週に何度か、鍵を持った役人が開けに来るまでは口が閉まっていて一滴の水も出ない。酷暑の中で待つ女性たちは気が立って喧嘩もしている。やっと役人が来て、先を争いながら、持参した二十リッターのポリタンに水をいっぱいにしてもらうと、それを肩や頭上に載せて、時には数キロの道のりを家まで運ぶ。人間一人が一日に消費する水の量は、日本人だと四リッターと言われているが、普通の飲料や調理用だけだと二リッターを見積もる。二十リッター持って帰っても、それはやっと五人家族の二日分である。もちろん風呂になど入れる水の量ではない。

私たちはキクウィートの郊外で「貧しい人たちのためのベルガモの姉妹修道会」と呼ばれる女子修道会の建物に泊めてもらった。ホテルは危険、という私の感覚からである。

実は私たちがこの町まで来たのは、この修道会の人々に会うためだった。エボラ出血熱の流行した一九九五年に、この病気に立ち向かったのが、「貧しい人たちのためのベルガモの姉妹修道会」のシスターたちだったのである。

エボラの感染は主に患者の体液に触れることで起きる。出血熱というほど、患者はあらゆるところから出血した。唾液、下痢にも血液が混じり、眼や耳からも出血した。静脈にさした注射器からは針が抜けるほどの勢いで吹き出した血が壁にかかるほどだった。患者は絶えず血液を混じえた下痢をしたが、その下痢便が感染の原因であるにも関わらず、地元の看護人たちの中には労を惜しんで、汚物を近くの草っ原に捨てる人もいた。

地元の一般の人たちは、病気をウィールスが原因だとは理解せず、「ランダ、ランダ」と呼ばれる一種の悪霊のせいだと思い込んでいた。人間が悪いことをすると、その当人や一族に「ランダ、ランダ」が取りついて、エボラ出血熱のような病気になるのである。しかもこの「ランダ、ランダ」は、病人やその周辺の出来事やものを介して、一切の関係を持つ人にも取りつくと信じられていたので、病人は周囲の人間関係から途絶された。病院が処方した薬や器具を家族が町の薬屋に買いに行くと、病人がエボラ出血熱とわかっただけで売ってくれなくなった。

感染症蔓延の理由の一つには、防護服もなければ、手袋一つさえ行き渡っていなかったという説もある。死者にはことに触れてはいけないのに、土地の人々は家族が死ぬと埋葬までの間に、あたかもまだ生きている人に対するように、抱いたりキスしたりする習慣もあって、それはいくら注意しても止むことはなかった。しかも医療関係者の中からさえ病気を恐れて逃げ出す人たちが出始めた。医師、看護師の中にも職場放棄をする人たちがいたし、親の中にさえ子供を見捨てて逃げ出す人がいたというが、私は南アのエイズ・ホスピスで同じようなケースを聞いていたので、さして驚かなかった。しかしその中で、この北イタリアで始まった修道会の修道女たちだけは、その職務を放棄しなかったのである。

実に、十人の修道女が、この病気で斃《たお》れた。うち三人はヤンブクで、一人はヤロセンという土地で亡くなったのだが、残る六人はこのキクウィートで、彼女たちが経営していた病院で働くうちに感染して死亡したのである。それもわずか一カ月あまりのうちに立て続けに命を失った。彼女たちの多くが看護師だったから、病気の予防に関して決して無知ではなかったが、それでも、この激烈な病には勝てなかった。その人たちの死亡記録は次ぎのような期日である。

シスター・フロラルバ　四月二十五日
シスター・クララ・アンジェラ　五月六日
シスター・ダニエランジェラ　五月十一日
シスター・ディナローサ　五月十四日
シスター・アネルヴィラ　五月二十三日
シスター・ヴィタローサ　五月二十八日

ほとんど五日置きか十日置きに、生涯を共に捧げた姉妹たちを埋葬しなければならなかった修道会の悲しみと恐怖はどんなだったろう。しかし彼女たちは敗退しなかった。生涯をこれで終わることを覚悟の上で、その地に留まった。そしてやがて、この不気味な病気は、何の決定的な対策や投薬や病理もわからぬままに終焉した。それが実に不気味である。

「人生は、旅路にすぎません」

という言葉を私たちは子供の頃からよく聞かされた。私はカトリックの修道院の経営する学校で幼稚園から育てられたので、いわば六歳から、死に対する教育を受けていたとも言える。

「そして、私たちが生きるのは、永遠の前の一瞬なのです」

とも教えられた。

キクウィートに行くことを思いついたのは、決して日本の将来のための防疫対策の一助になれば、という配慮だけだったのではないというのが私の本心だ。私はずっとこのことを考え続けていた。今このたぐい稀な平和と、かつてなかったほどの繁栄の中で、私たちは、誰もが何でも言える。持ってもいない信念や人道愛があるような顔もできる。しかしもし私が「貧しい人たちのためのベルガモの姉妹修道会」の修道女で、キクウィートでどんどん仲間たちが死んでいるから、その補充に行きなさいと修道院長から言われたとき、私は何の恐れもなく平静に、新しい病院に転勤を命じられたような顔で「はい」と言えるかどうか。修道院という所は、入って数年の試験期間の後、終生誓願をたてる時、すべての我を取り去り、ただ神の命令のみを聞いて、その生涯を送ることを誓う筈なのだが、私はそうできるだろうか、と考えたのである。

「貧しい人たち《アナウィム》」というのは、神以外の誰も当てにできない人たちだとされている。当人に地位もなく、体力もなく、お金も学歴もなく、金持ちの親戚もいず、時には、健康や知能さえ人並みに持っていない。しかしそういう人だけがほんとうに神にだけ寄り頼む謙遜を知っている。それ故、ほんものの深い信仰を持つのは、「貧しい人たち」だと私たちの世界では言うのである。だから「貧しい人たちのためのベルガモの姉妹修道会」が目指すところは、神にもっとも近い人たちに仕えることなのだ。そして彼等が持っている徳に与《あずか》ることなのだ。

「貧しい人たちのためのベルガモの姉妹修道会」のシスターたちは、私と同時代を生きた数少ない聖人たちである。恐らく彼女たちは私の半分の時間も現世で生きなかった。しかし人間としての責務は私の二倍も三倍も果たして死んだのである。

第12章

クーデター日和《びより》

何しろ一九七三年のことだから、細かい記憶が消え失せていることも、許して頂きたい。その年、私は前々から計画していた通り、チリの首都・サンチァゴの修道院にいる友人のハビエラ・粕谷初枝さんを訪ねることになっていた。チリは南米の最南端、何しろ遠い国である。日本から一番長く飛行機に乗らねばならない国の一つだ。私たちの足下をどこまでも掘って行くと、チリに出ると教えてくれた人がいるが、ほんとうにそうなんだろう、という気がして来るような位置にある。

エルマーナ・粕谷はもう何年か、チリの修道院で暮らしていた。エルマーナとは、チリの国語であるスペイン語で「姉妹」ということである。日本人が聞いたことのある言葉になおすと、カトリックの修道女に対して使う「シスター」に当たる。性格は快活、文章を書く能力も、政治的興味も抜きんでていた。私は親しい同級生二人と、タヒチ、ペルーのリマ経由の長い旅に出ることにしていた。

ところが出発の日の約一月前に、チリで政変が起きた。クーデターの結果、当時のサルバドール・アジェンデ大統領が宮殿で殺されたのである。殺されたのか、自決したのか、今でも諸説あるらしいが、私はそういうことにあまり興味がない。

チリは当時珍しい、正当な選挙によって選ばれた社会主義政権の国であった。エルマーナ・粕谷は一九七〇年、アジェンデが大統領に選ばれた時は大変喜び、チリがこれで汚職体質から解放され、貧しい人たちにも生活の上で光がさして来るだろう、と期待していた。しかしそれがものの見事に裏切られ、社会主義体制は、末期的な乱脈に陥っている、と書いて来ていた時期だったのである。そこにさらに都合の悪いことに、私たちの出発の三十五日前になって、アジェンデ大統領は殺され、モネダ宮殿は炎上している、というニュースも伝わって来た。

たいていの人は、そこで旅行を取りやめるらしいのだが、私たちは予定を変えなかった。同行する友人もものごとに動じない人だったし、我が家の夫にいたってはチリ全土に戒厳令が布かれたと報じられると、「よかったね。これでコソ泥も減るし、町も安全になる」と言っただけだった。

しかし私は動乱の国に入る時の用心のために、いくらかの仕事が増えたことを記憶している。まず食料の不足が伝えられたので、友人と二人食べるだけのお米その他を担ぎ屋のように持って行くことにした。事情がわからない時は、人に頼らなくても生きて行ける自己完結型の装備をして行くのが常識なのである。重くて大変だったが、仕方がない。

それからチリと国境を接しているアルゼンチンとブラジル、行く気はなかったがペルーのヴィザも取った。どこからでも国境を越えて、隣国に逃げられるようにするためである。政変の規模がわからないから、いざとなったら、アンデス山脈の小さな峠を越えて、どこへでも逃げられる方に逃げねばならないかもしれない。

さらにその時の必要を考えて、一ドル紙幣を三百枚用意した。簡単に言うと（日本風には）賄賂、（南米風には）お心付け用である。これでものごとがスムーズに安全に済む場合もある。

チリの空港は一般の人たちの立ち入りがまだ禁止されており、私たちは迎えに来てくれたはずのエルマーナ・粕谷と、どこでどうして会えたのか、今となってはよくわからないけれど、世の中でどうにもならなかったことはない、と今でも頭の半分くらいでは思っている私は、やはり無事に？　エルマーナに会えていたのである。空港職員の中にもカトリック教会の信者がたくさんいて、尊敬するエルマーナが「あなた、行って、日本人の女の人二人を連れてここまで来て」と言えば、その命令に従う人がいくらでもいたのだろう。

途中を省いて言えば、友人と私は、エルマーナの修道院に泊めてもらうことになった。

修道院は、当時のチリの貧しい社会状況を反映してつましく暮らしていた。私たちは到着した最初の一晩だけ首都・サンチァゴの一流ホテルに泊まったのだが、そこは邦貨に直して一泊二万円だった。エルマーナはそれを聞くと眼を剝《む》き、修道院全員（と言っても六、七人だったような気はするのだが）が、一カ月まさに二万円の予算で暮らしている、と言うのである。その語気に押されて私たちは修道院に移った。これは一種の名案だった。私たちの宿泊費は安くなり、時々丸々お魚一匹でも買って帰れば、エルマーナたちはひどくごちそうが出たように喜んでくれた。

私はどこででもおもしろい話を聞いていた。社会主義政権の末期的堕落がどういう形をとるかを聞くのは実におもしろいことだった。左翼なら保守政権のような社会の矛盾と醜悪さを見せつけることはないだろう、と思っていたのだが、堕落の形態は信じがたいほど同じだった。

社会主義者たちは、職場では働かなくなり、政治集会とデモばかりしていた。アジェンデ政権は一番目ぼしい銅の鉱山を国有化し、アメリカ人技術者《テクニコス》たちを追放したので、銅の生産能力はすっかり落ちていた。さらに与党の「左翼連合《ウニダポプラール》」の党員だけが、利権をほしいままにするようになった。つまり輸入も滞り、貧しさに陥った社会体制の恩恵を、党員だけがフルに受ける特権を所有する権力者になっていたのである。ないはずのガソリンも、パンも、党員なら並ばずに買えた。政府のアパートも順番待ちのはずだったが、党員ならたやすく入れた。

市民も怒ったが、何しろバスもストをしていて動けないのだからデモでもする他はなかった。小学生までが学校に行かずにデモに参加した。

「大臣のばーか！」とシュプレヒコールは叫ぶのだが、スペイン語になるとその語調はすばらしかった。「ミニストロ（大臣）トーント（ばか）！」となるのである。リーダーが「ミニストロ！」と叫ぶと、デモ隊が「トーント（ばか）！」とつけ加える。大臣が女性だと「トーンタ！」にすればいいのだ。

エルマーナは、私たちをいろいろな人に会わせてくれたが、教会関係者の一人の男性は、今でもぐさりと胸にくるような名言を口にした。彼には一人の親友がいたが、社会主義政権になってから、すっかり人が変わったというのである。

「どう変わったんです？」

私は尋ねた。

「頑固になりましてね。一つの見方しかできなくなりました。そして話していて同じ言葉（ウナ・ソラ・パラーブラ）を何度でも繰り返すようになりました。それが共産主義者たちの特徴だと、チリ人は発見したと思います」

もう一つおもしろかったのは、エルマーナ・粕谷が、初めてどうしてチリに今回のクーデターが起きたのかを教えてくれたことであった。

「社会がおかしくなっていたことは認めますけどね」

と私は言った。

「これくらいの腐敗は南米やアフリカにはいくらでもあると思うわ。それなのに大統領を殺したり、宮殿に火をつけたりするようなクーデターが起きたのは、どうしてなの？」

「それを聞いてくれたのは、あなたが初めてよ」

とエルマーナは言った。

「あれ以来、日本の新聞記者がたくさん来たわ。でもなぜあの日、クーデターが起きたか、その原因を聞いてくれたのは、あなたが最初よ」

「だってそれを聞きに皆ここまで来たんでしょう？」

時間もお金もかけて、とは言わなかったが、チリに来るには、その二つの要素が恨み節の要素として必ず残っているのである。

「日本人の記者は皆秀才だからね。日本を出る前から答えを出して来るのよ」

ということは、私は不勉強で秀才でないということだが、私はそれでこそ来た甲斐がある、と満足した。

「クーデターが起きたのは、火曜日だからよ」

とエルマーナは言った。

「この国じゃ、月曜日は誰も働かないの。日曜日の後で遊び疲れているからね。乞食《こじき》だって、月曜日は休みなんだから。火曜日から少し働きだして、何かを盛んにやるのは水曜と木曜なのよ。それで金曜日になると、また誰も何もやらない。明日は土曜日で休みになると思うと、今さらやる気はしないのよ」

かくして私だけの貴重な現地取材は実現したのである。

エルマーナ・粕谷は勘のいい人だから、そのうちに私たちが修道院泊まりでは、行動に制限を感じるのではないか、と思ったらしく、長年の知人の家を週単位くらいで借りたらどうかと勧めてくれた。

それもおもしろいだろう、と私たちはすぐに賛成した。家主はイギリス人で、奥さんが今フランスに帰っているので、部屋が一つ空いている。身元のわかった人にならら、それを貸したい、と言っているというのである。私一人なら、そういう事情の貸部屋は避ける所だが友達と二人ならそれもおもしろかろう、ということになったのである。

つまり終戦後の日本人の暮らしと同様、当時のチリでは、生活上のあらゆるものが破綻していたので、皆が一時的に貧乏になっていたように見えた。

私たちはエルマーナに案内されて、そのイギリス人の借りていたマンションに移った。何階だったかも詳しく覚えていないのだが、その一部屋は彼の書斎になっていて、素人にしては驚くほどの蔵書があった。当時は深夜から外出禁止令が発令されていたが、私たちはバーに行くでもなく、日暮れまでにはこの家に帰っていて、夕飯も出されることになっていた。この書庫で私は原稿を書いている時、わりと近くで銃声がしたので、慌てて書架の間に身を伏せたのを覚えている。

私たちの食事は、通いのメイドさんが来て作ってくれて、時間になると必ずそのイギリス人と一緒の食卓につくのであった。彼は四十代の終わりか、五十代か、私は人の年を見分けるのがうまい方ではなかったし、尋ねるきっかけもなかった。ただフランスに帰っているという奥さんのことには時々触れたので、私はこのご夫婦は仲がいいのだろうと思い、いい家族と知り合いになれたことを幸運だと感じた。

結局、このイギリス人の職業は何であったか、今もって私は知らない。しかし町には銃声が聞こえ、戒厳令の只中で物資も豊かではないというのに、この人の生活にはまったくその気配が感じられなかった。

夕食の時間に食堂に現れるまでに、この人は必ず服を着替え、身だしなみを整えている。

夕食のメニューはそれほど豪華とは思われなかったが、スープと肉と付け合わせの野菜。デザートに素朴な家庭で焼いたようなお菓子が付いていたようにも思う。特に不足でもなく、払った下宿料に対してこんな御馳走を出していいのか、と思った記憶もない。しかし動乱の最中にあっても、この人はできる限りの折り目正しさを失うまいとしていることは、強烈な印象だった。

食卓には洗ってアイロンをかけたナプキンが置かれ、時には友人と私のために一輪ずつの赤い薔薇《ばら》が添えられていることがあった。さらに驚いたことには、ある夜、それに一枚の紙に書いた十四行詩《ソネット》が添えられていたことであった。私は恐縮して縮み上がった。書かれた内容が、歯の浮くようなお世辞だった、というのではない。ただその詩が、完全なソネットの形をとっており、行末の最後の単語に韻《いん》が踏んであることがわかったからであった。

私は在学中、そのような英文学の歴史に散々悩まされ、そのソネットの最後の韻の形の中には、ａｂｂａ、ａｂｂａ、ｃｄｅ、ｃｄｅという形をとるのだ、という悪夢のような授業を受けていたことまで思い出してしまった。

元々英語の学力はあまりなかったが、この英文学に於けるＯＤＥ（頌歌《しょうか》）とか、ソネットとか、いかにもそれを知らねば教養あり気な人物になれなさそうな部分に至ると、私の神経はかなり萎縮《いしゅく》してしまった記憶があった。私は自分がこれらの詩を教わったにもかかわらず、学力の不足からそれらを本当に味わえたことがない話をして、辛うじてその場の会話を切り抜けた。それでもソネットというものの存在を知っていただけでよかった。しかし外国人である私が、正式に韻を踏んで外国語でお返しの十四行詩を書けるとは、私はとても思わなかったのである。

同行した私の友人は、お料理の先生でもあったが、彼女は別のことで悩んでいた。食事が終わると、この英国人は必ずお茶を淹《い》れようと言い、その時にずらりと並んだ紅茶の缶を示して、「今晩は、どれを淹れましょうか」と聞いてくれるのである。そこにはダージリン、アッサム、セイロン、アール・グレイ、ジャスミン等、私も名前を聞いたことがある紅茶の缶がずらりと並んでいて、その日飲みたいお茶を選べない人は、思想のない人間のように思われそうであった。

しかし日本人の私たち程度の中産階級の女にとっては、お茶の選択はもう少し別の理由によるのであった。「どの缶の口が開いていますか。開いているのでけっこうなのですが」という答えである。現実として、この物資不足の時代に、毎日新しいお茶の缶を開けさせられたら気の毒だ、というのが、もっとも大きな選択の理由だったと思う。

それでも私たちは毎日何とか、そのイギリス人と穏やかな感謝に満ちた日々を過ごして、やがてアルゼンチンに向かった。サンチャゴ市内の状態は、次第に落ち着いて来ていて、私たちはわざとサンチャゴからバスで陸路を越えて、アルゼンチンのメンドゥサへ行くルートを選べたくらいだった。つまりアンデス越えをしたのである。国境地帯にいた兵隊たちは武装してはいたが、のんびりした表情で、道端に落ちていたコンドルの羽根を拾って私にくれたのを覚えている。

しかし考えてみれば、当時のチリはまだまったく落ち着いてはいなかったはずである。後で聞いてみると、アジェンデに属していた人々に対する反感もあり、それらの人々は集められて拘束されていたり、そうでなくても職を失った人々は多かった。チリの放送局のシスターの友達も、政権が変わると職を失うので、どこに再就職して家族を養うかということで、頭がいっぱいだったらしかった。

一九四五年の終戦の前後以来、私たち日本人は「動乱」に遇《あ》っていない。どんな生活上の変化に見舞われても、どれだけ自分を失わず、端正に生きられるか、私は今でも自信がないだけに、いっそうそのような魂の腰の座った人を羨ましく思うのである。

第13章

タイザンボクの白い花

もう何年前のことになるか記憶を取り戻すことも不可能なのだが、私は或る時、一人の見知らぬ詩人から、詩集を贈られた。

こういうことは珍しくない。先方は私の本を一冊くらいは読んでくれているのである。だから私は、全くの他人ではない。自費出版の貴重な詩集を贈呈する相手として私が選ばれてもそれほど不思議はない。

しかし私の方はこうした好意に丁寧に報いてはいなかった。最近でこそ減ったけれど、年に五十冊贈られたとしても月に四冊以上。ほとんどが小説で、二百枚近くはある量だから、一日では読めない。そもそも自分の予定にない本を読むことはなかなか難しい。読まなければ、と思っている資料さえ、ついつい読み切れないのが、当時の私の生活だった。だから眼を通せない本もかなり出る。私は著者にも本にも申しわけないので、まとめて老人ホームの図書室に持って行っていた時代もあった。

しかしその日に限って、私はその詩集『絹半纏』（きぬばんてん）を手に取ると、最初のページから読み耽《ふけ》った。著者は、百《もも》瀬《せ》博教《ひろみち》という名前だった。よく経歴はわからないが、穏やかでない部分もあるらしい。前科があるらしい情景も出てくる。しかしそんなことは抜きにして、読み耽るほどの魅力だった。私は小説家で、詩の良い読者ではない。

一生に一冊、詩集を出したいと夢見ているが、まだ一編も書いていない。

普段はいちいち受け取りの手紙など出せない私が、その時だけ礼状を出した。何と書いたかは覚えていないのだが、あなたの詩には打たれた。才能を感じた、というような内容の礼状である。するとしばらくして、先方から連絡があった。当時の細かいやり取りの手順は忘れてしまったのだが、多分その百瀬氏が初め私の家を訪ねて来て、そこで食事でもしましょう、ということになったのだと思うのだが、とにかく私が、赤坂で当時よく行っていたフランス料理屋に招待することにした。

その時までに私は、百瀬氏という人物についての大体を知っていた。百瀬氏の父もその道の人で、家の箪笥《たんす》の一番開けやすい高さの引き出しに、日本刀が入っていた。いざとなったら素早く刀が抜けるために、一番開けやすい引き出しを使うのだという。

百瀬氏は昔上野にあった有名なキャバレーで働いていた。Ｉという人気俳優の用心棒だった時代もあって、世間はその人が拳銃の不法所持で検挙されそうになった時、百瀬氏が身代わりに犯人になったという噂をしているとも言うが、百瀬氏自身は、そうしたことに何も触れたことはないし、大体氏に会った前後の時間的関係なども、私は今やどうしても思い出せない。とにかく彼は、拳銃の不法所持で逮捕され、初犯なのに六年の実刑を宣告されて東北の刑務所に入った。普通そんなことはない、という人もいるが、私はその世界にも詳しくないので、今ここのところは私の記憶通りに書くことにする。

こうした前歴は詩集の中にもあった。「柿をむく女」には、全国指名手配になっていた時、ふととび込んだ店の女が、テレビに気を取られながら柿をむいている姿が描かれている。その柿はしかし逃げ込んで来た百瀬氏に食べさせてくれるものだったらしい。

百瀬氏は貴重な青春の六年を塀の中で過ごした。

「その間に、大学二つ行ったくらい、本を読みました」

と彼は私に言った。

「以前別の方から聞かされたことですが、刑務所の中であなたたちを見張る人……」

「僕たちは担当さん、と言っていましたが」

「その人たちは、あなたたちにひどい仕打ちをするそうですね。受刑者が何を訴えても、世間は信じないことをいいことに、むごい扱いをするんですか?」

そのすぐ前に、私は或る受刑者から、こういう手紙をもらっていたのである。

「そんなことはありません」

と百瀬氏はやや気色《けしき》ばむように言った。

「担当さんたちは、僕の勉強を励ましてくれました」

正月でも本を読み続ける百瀬氏に、担当さんは「おい、百瀬。正月くらい休め」と言ってくれた。

或る時、百瀬氏は担当さんに言った。

「本の中に出てきたのですが、タイザンボクという名前の木とその花を、私は知りません」

それから数カ月すると、その担当さんは、朝礼のための担当台にあがる前に、それとなく百瀬氏の傍を通りながら言った。

「おい、百瀬。後で担当台を見ろ」

朝礼が始まった時、百瀬氏が担当台を見ると、そこには大きな白いタイザンボクの花がさしてあった。

タンザンボクの花が散る瞬間を、私は見たことがある。まるで轟音を立てて崩れるかのように、その花は大きな花びらを一挙に散らすのである。私はその花の散る姿も、百瀬氏に見せたい、と思った。

やがて私は、百瀬氏を、当時行きつけだった赤坂のフランス料理屋に招待した。その時、上坂冬子さんも招いたのは、百瀬氏がうちへきた時、かなりの数の大学ノートを持参していて、「曽野先生は、×年と×年にこういうことをおっしゃっておられました。上坂冬子先生は×年の×月×日の放送で、こういうことをおっしゃいました」とすかさず資料を出した中に、その名前があったからである。放送というのは、当時の法務省が、昼休みに受刑者に聞かせるために、独自の番組を作っていて、上坂さんと私は、偶然二人ともそのメンバーだったようである。この番組に関しては、常識的な人は、必ず反対したものであった。「そんなことをすると名前を覚えられて、後で災難に会うわよ」というわけだ。しかし我が家では夫も、当時私たちと同居して私の子育てを手伝ってくれていた母も、反対しなかった。

その結果、果たして我が家は強盗に入られたのだが、何の被害もなく、翌々日にその人物から掛ってきた一種の脅迫電話の中で、私はその犯人と仲良くなった。彼は公衆電話をはしごしながら十三通も私を呼び、警察はそのすべてで逆探知していたがついに位置を特定できなかった。

初めは「今度は必ずあんたを殺《や》る」などと言っていた相手も、私が「そんな芝居がかったことを言うのはやめましょうよ。あなたと私もそんな大物じゃありませんよ」と言うと、とたんにトーンダウンして、友達のようになった。彼は私の家の戸締りが悪いと言い、泥棒に入られないようにするこつを教えてくれたのである。

受刑者の矯正のための放送と言っても、恐らく上坂さんも私も、相手の耳に説教がましいことを言う姿勢はなかったろう。私は主に、自分の失敗談を喋っていた。或いは聞く人が家庭から離れている人たちだから、多分そういう日常的な話題に飢えているだろう、と勝手に想像して話題を選んでいただけである。百瀬氏は、そのような休み時間に流される放送の内容を、毎日精細に記録していたらしいのである。

百瀬氏はやや太りぎみの穏やかな顔つきの人で、非常に礼儀正しかった。上坂さんも私もその世界を全く知らなかったのが、上坂さんにいたっては「それであんた、何だかお金持ちらしいけど、株かなんかで儲けてるの？」などと聞いていた。それは少しピントがはずれているのではないかと私は思ったが、彼は丁重に返事をしていたし、私たちが彼の世界を知らないということは彼にとっては気楽な楽しい相手だったろう。その時の食事代はもちろん私が全額払った。百瀬氏は自分が払いたいというようなことを言ったが、私は「あなたより私の方がずっと年上なのよ」と言って応じなかった。私はこういう時、舛添元都知事と違って、非常に用心深いのである。お金さえ払わせなければ、どんな相手と付き合ってもいいのではないか、とさえ思っている。

帰りに百瀬氏は「せめてお車のご用意をいたします」というようなことを言ってハイヤーを呼びそうにしたが、私はそうなることも少し予測していたので、自分で車を運転して来ていたから、近くに住む上坂さんも乗せて帰った。

その時百瀬氏に、私は毎年、障害者の人たちと、イスラエルなどの「聖地巡礼」に行くのだが、その時、車椅子を押したり、足の不自由な人をバスに乗せたりする力仕事のボランティアとして来てください、と言った。これは百瀬氏が自分で参加費を出して来てくれ、ということである。彼は謹んで聞いてくれているように思ったが、しばらくすると、丁寧な電話があった。

六年間の塀の中の飯があまりまずかったので、ムショを出た後はおいしいものを食べまくるグルメになって、すっかり太ってしまった。心臓もあまりよくないので、力仕事はどうもできそうにない。それで代わりに「若い者」を出します、という内容である。つまり百瀬氏が旅費を出して、若い者を送るということだ。私は自分のことでない場合には、平気でお金を出してもらう。世間にはヤクザのお金は寄付でも何でも受けつけない、という常識があるらしいが、それはむしろ差別である。彼らに奉仕する機会があるなら、してもらったらいいのだ。

どうしても「若い者」に、事前に会っておいてご納得ください、というので、或る日私は百瀬氏が連れてきた青年とお見合いをすることになった。やっと二十歳になったばかりのような体格の青年で、顔だちからだけ言えば往年の現役時代の貴花田によく似ていた。

私は誰だっていいのである。この青年は太田君という名だったが、旅に出てから、私はあなたの前歴は何なの？　と尋ね、その内容を同行者に話してもいい？　と承諾を受けて、公表した。隠しごとをしていると、その時間だけ心が重くなる。言ってしまえばそれで万事済むのだ。

彼は東京近郊の暴走族のリーダーだった。しかしお酒は一滴も飲まず、甘い物好きで、男性の障害者を横抱きにしてバスに乗せてくれるほどの力持ちだった。兄だか弟だかが、腕相撲日本一ではなく、日本二だという話だったから、彼もその才能を持っていたのだろう。

同行の「小母さん族」はすぐに皆、太田君に好意を持った。誰かが日に何度となく、「太田くーん！」と呼んで助けを求めた。彼にとっては取り調べ中の警官に「おい、太田！」

と呼ばれるくらいで、こんなに好意を持って自分の名前を呼ばれることはほとんどなかったのだろうから、これは新鮮な体験だったろう。人の役に立つということは実に楽しいものだと思ったに違いない。

もっとも彼は精神的な世界にはあまり興味がないらしく、イスラエルのあちこちの教会で、私たちが毎日ミサに参列する間、一人教会の外の低い石積みの堀の上や、煉瓦敷きの玄関の道の端で、Tシャツを脱いで上半身裸で日光浴をしながら眠っていたりしたので、私はそれを起こさないように足音を低めて通りすぎていた。彼だけでなく、この聖地巡礼には、松下政経塾の塾生たちや、日本財団の若い職員たちも来てくれて、ほんとうによく助けてくれたものである。現在の国会議員や市長の中にも、この企画に参加してくれた人たちが何人もいる。一時、この巡礼に二度参加すると必ず次の選挙に当選する、という笑い話ができたくらいだという。

その頃までで、私は百瀬氏に会うことはなかった。大した理由はないが、私が忙しいだろうと思って遠慮しそうなのが百瀬氏の態度だったし、新潮社も文藝春秋も彼の才能を見込んで、文学的な面でもテレビの世界でも大活躍するようになったので、それを見守ることにすればいいと考えていたのである。

それから数年が経ってから、私の留守中に百瀬氏が我が家に立ち寄って、お赤飯をおいていってくれたことを知った。

我が家では私がよく思いつきでお赤飯を炊く。お客に炊きたてを出すと「何かおめでたいことがあったんですか」と聞かれるが、「いいえろくでもないことがあっただけですよ。うちではどんな時だって、すべて口実にお赤飯を炊くんです」と言って呆れられることがあるが、百瀬氏の場合は、その世界の人だからもっとこうした習慣に折り目正しかったはずだ。どんないいことがあったのか、今となっては知りたいと思うが、百瀬氏はそれからしばらくして急死したのである。心臓が悪かったというから、原因は予測されていたのかもしれないが、私は人生で、何度かこうした型破りの人と知り合いになった。その人の人生の本当の部分を知らないままに終わったのである。しかし考えてみれば、他人の人生を知っていなければならない、というのは、一種の無礼だ。

世間はヤクザの世界と一口に言うし、私はまだ実態を知らないせいかもしれないが、対等に付き合える性格の人なら、別に遠慮することはない。相手にお金を期待したり、特別な便宜《べんぎ》を図ってもらうことさえ期待しなければ、別に脅される理由もない。

法務省制作の番組に出演した時だって、知り合いは「そんなことは止めなさいよ」とかなり執拗《しつよう》に言った。その忠告通りに私のうちには強盗が入ったのだが、事件の後も、三浦朱門も同居していた私の実母も、出演を止めろとは言わなかった。私の雑談が、受刑者の「改心に役に立つ」などと思っていたわけではない。しかし世間的な漠然とした脅しに怯《ひる》むことは、何となく生き方として醜いように思っていたのである。

この障害者の聖地巡礼は、年に一度ずつ二十回続いて、指導司祭の坂谷豊光神父が亡くなられた時で終わった。私の方も二十歳年を取ったわけだから体力もなくなり、無理になってきたのである。太田青年が来てくれた旅の最後は、南フランスのルルドだった。明日死にそうな病人も、ベッドごと押して何千人もが参加する夕の祈りの列ができる特異な土地である。その時重病の車椅子の子供も臨終の近い青年も現世で何一つとしていいことがなかったという自覚のまま視力や足を失った女性も、近くにいるあらゆる人から言葉を掛けられる。

帰りは列車だった。私はその前に、ホテルの真ん前の町の菓子屋に行き、私たちが言う「洋菓子」を十個ほど買った。

列車に乗る前に私は菓子箱を少し開けて太田君に中を見せ、「おいしそうでしょう。本場のシュークリームもあるわよ、後でいらっしゃい」と言った。その癖私はその約束をすっかり忘れて、席に着くや否や、近くの席の人とお菓子を分けて食べてしまい、少し後で太田君が「シュークリームください」と言ってやってきた時には、もう一個も残っていなかったのである。約束を守らなくて、ほんとうに悪いことをしたと思った。ヤクザや暴走族より、私の方がよほどいい加減な人生を生きていた証拠であった。

第14章

ゴジラの墓場

二〇〇一年五月、私は当時勤めていた日本財団から、ウガンダ共和国に行った。一九八五年以来、日本財団はアメリカのカーターセンターと組んで、アフリカの農業改革事業のために九千二百八十七万五千ドルを出してきた。カーターセンターは言うまでもなく、元大統領のカーター氏を会長とする社会福祉団体である。極めて荒っぽい言い方だが、アフリカの多くの国で、人々はまだ飢えており、満腹感を味わっている土地でも、食物の内容からみると、含水炭素はどうやら摂《と》れていても、蛋白質《たんぱくしつ》が不足だったりした。カーターセンターは、高蛋白質を含む穀物の研究開発費などにもお金を出していた。

私が初めて、栄養失調（malnutrition）と言われている症状に少なくとも二種の大きな特徴があることを教えられたのは、コートジボアール（象牙海岸）の医療関係者によってである。カトリックのシスターたちがやっている或る施設で、私は一人の子供を抱き上げた。まだ一歳になるかならないかの男の子なのに、その子はずっしりと重かった。顔も二重顎、腕も肉がついて肘の所でくびれている。捨て子として拾われたというのに、なんとまあ太った子なのだろう、と感心しながら、私は上機嫌で膝の上の重さを確かめつつ、この子供に向かって（もちろん日本語で）話しかけた。

「君はまあよく太ってるわね。大きくなったら日本でお相撲さんにおなりなさい。そうすればお金を儲けて有名になって、コートジボアールに帰れるわ。四股名《しこな》ももう決まってるようなもんだし」

私が心の中で決めていたのは、「象牙山」という「お相撲さんの名前」である。しかしそばにいて私の浮かれ加減の言葉を聞いていた、日本人の看護師のシスターが言ってくれた。

「曽野さん、この子は太ってるんじゃなくて、浮腫《ふしゅ》でこうなってるんです。だから危険な状態なのよ。今にも急変が来るかもしれませんし」

ああ、私一人の無知な話し方が日本語で、周囲の人に理解されなくてよかった、と私は思った。私はこの子が捨てられるまで、どんな状態で生きていたのか知らない。しかし恐らく母親も貧しくて、お乳がでなかったから、お祖母さんか誰かが、代替えのものを食べさせていたのだろう。乳児用の粉ミルクなど高くて誰にも買えない。雑穀の粉を溶いたお粥とか、コンデンスミルクとか、赤ん坊の円満な栄養については全く考えてはいないけれど、とにかく飢えなければいいという感じで食べさせていたということは、大いにあり得ることである。そしてそのうちに、どうにも養いきれなくなったので、捨てるか、施設送りにしたのだろう。赤ん坊をわざと司教様のうちの裏庭に捨てるケースだってよくあるのだ。こういうバック・ストーリーを持った栄養失調は、アフリカのどの地方でも起こりうることだ、と私は知っていたのである。

整理して言えば子供の栄養不良は、主に二つの型に分けられた。アウシュヴィッツの囚人のように骨が露《あらわ》になるほど肉が落ち、節々が目立つようになっている骸骨型の痩せ方はマラスムス（marasmus）と言い、その理由はカロリー不足である。それに対して、一見顔も体もむしろがっしりと太っているようにさえ見えるのが、実は浮腫から来ているクワシオコル（kwashiorkor）と呼ばれる蛋白質不足型の栄養不良である。さらにこの型の栄養不良の特徴は、子供の髪が、父親や母親の人種の如何《いかん》にかかわらず、金髪になって来るということである。日本では、この手の栄養失調はあまり見られない。

財団に勤めてから急に私はアフリカの農業改革のために働くことになった。大規模な視野で、その土地の貧しい農民たちの農業改革をするとはどういうことか、については素人だったが、全く知識がなかったと言うこともなかった。私は当時、自分が働いていたNGOのお金の送り先の確認のために、自費で始終アフリカに入っていて、先進国のアフリカ支援なるものの、末端の姿を始終見ていたのである。

その中でもっとも無責任なのは世銀などのやり方だった。世銀が、まるでジャングルに最新鋭の精鋭機械化部隊を送り込むように送った大型の耕作機械が、使われもせず修理もされず、まるで巨大なゴジラの墓場のように、何十台もさびついたまま放り出してある光景を見たこともあった。アフリカの特徴は、最新型の機械を入れてもほとんど使いこなせないということだ。それを世銀は見越していないのである。アフリカの多くの地方では、まず第一に電気がない。電気とは無関係に油だけで動く機械にしても、使う人の教育が充分でないから、扱う理屈がわかっていない。日本人のいう初等教育さえ全員が受けているというわけにはいかないからである。世銀のような観念的な援助事業なら、私は財団の会長として、決して出資を許可しなかっただろう。

壊れてもなおす機械屋さんがいなければ、巨大な重機はすぐ「ゴジラの墓場行き」になる。なぜ機械屋がいないかというと、機械の存在自体が少ないから触る機会がない。その手の学校もない。機械の代理店もない。ということは修理に必要な部品もなく、技術者もおらず、何よりも誰も修理に廻すお金がない。だから機械と名のつくものは、一度壊れたらそのまま放っておくのが普通なのだ。故に世銀が与えた高価な耕作機械も、すぐに放置される。

しかし日本財団の意図していることは、全く違うというのである。機械などはほとんどど入れない。

日本財団が導入していたのは、こういう観念的な、いかにも見場のいい援助ではなかった。農業改革と言っても、まず最初に教えることは、種の蒔《ま》き方であった。多くの土地で、農民は種の蒔き方も知らなくて、ただ花咲か爺さんのように、種を乾いた地面の上にばらまいているだけだった。そういう人たちにせめて、一定の間隔をおいて、硬い痩せた大地の上にでも、棒の先を使って穴を開けなさい。そこへ種を二粒ずつ入れて土をかけなさい、と教えることだったのである。

途上国の種の発芽率は恐ろしく悪いのだが、種の上に土をかけることは必要だと教わるだけでも、発芽率は違って来るだろう。

私はそれまでに素人としては少し畑作業の原理を知っていた。もちろん大規模な農業改革は素人の「ガーデニング」とは違う。しかし私には、説明されればたいていの状況をすぐ理解することができる下地はあった。

カーターセンターとの年次総会は、一年おきにアメリカと日本か、アフリカの加盟国のどこかで行なわれたと記憶するが、二〇〇一年の会合はウガンダで行なわれた。改革運動に参加している他の諸国は、会議には大臣クラスの代表を送ってきた。彼らは背広ではなく民族服を着て現れた。アメリカからはカーター元大統領自身が出席し、主催国のムセベニ大統領はお客を待たせたまま、約一時間ほど遅れて総会の開会式に出席したが、悪びれた表情はなかった。これがアフリカ式の儀式の進め方、人生の送り方なのである。私も一時間近く挨拶の講演をフランス語でした。ウガンダはイギリス領だったこともあって英語とスワヒリ語が公用語だが、参加国のほとんどはフランス語を話す国から来ているので、無理してフランス語にしたのである。原稿はもちろん人に訳を頼んだもので、前日まで発音のわからないところを（フランス語にはリエゾンという発音上のヤッカイな規則があるが、私は大学を出た瞬間にほとんどを忘れていた）現地の日本大使館の人に付け焼き刃で教えてもらい、カタカナで原稿にルビをふったりしていたのだが、出席者の中には学生もいて自国語で理解できたので、退屈しなかったと喜ばれた。

会議後、個人的に大統領との謁見《えっけん》の時間があった。ムセベニ大統領は自分の部族は牛の乳と肉だけで生きている。父にいたっては、鶏肉さえも食べると鶏のように魂が飛び上がってしまうと恐れて絶対に食べないという。それで私は、日本人は牛肉など高価ですからとうてい毎日は食べられません。「日本人の学生は大きなステーキを食べるのが夢です。ウガンダの方は羨ましいです」と言うと「おおきに」と言われた。ありがとうの大阪弁だったのである。

会議の翌日、「スタディー・ツアー」が出るから、各国申し込んでください、と通達があった。掲示板を見ると四種類のコースがある。Aコースは何だったか忘れたが、恐らくカーター氏のためのものだから、それには行くのは止めたほうがいい、と私は財団から来ている若い職員に言った。カーター氏が行くというだけで大体様子が眼に見えて来る。あたりは軍人と警察とSPだらけ。歓迎行事で、まず土地の子供が歓迎のダンスを踊る。子供はかわいいが、素人のダンスなどを見ても仕方がない。実は私は、そういう歓迎行事がかなり嫌いなのである。その分、時間が無駄だ。

私向きと皆が言うコースを選ぶと、それは花の栽培農園と、ハンドバッグ用の皮を取るための鰐《わに》の養殖事業だった。私は何となく、花といえば咲いた花を切って出荷するにちがいないと思い込んでいたが、これはとんだ甘い観測だった。首都カンパラにさえ、お金を出して花を買うような人はそう多くない。

現場に着くと、広大な温室があった。まず責任者というオランダ人が出てきて、花は菊の苗をビニールポットに育てて、その段階でオランダに飛行機で運んでいる、という。私が考えていたように、温室で花を咲かせて売るのではなかった。

温室は厳密に科学的に管理されていた。日差しを調整する天窓の開閉の角度。室温と湿度。施肥の頻度、殺菌・殺虫剤の濃度。温室ごとに管理の実績を示すボードがぶら下がっている。働く人は、皆ウガンダ人だ。

ウガンダ国内では、生花の市場など知れているし、海で送るには、決定的な制約がある。ウガンダは海のない国で、一番近いケニヤのモンバサまでは、五百キロの道のりがあり、そこから菊を海路運んだりしていては、いい苗とは言えなくなる。だからエンテベ空港から直接自家用貨物機で、空路オランダまで運ぶのである。

せっかくの国内産業だと言っても、やれやれ、これではまた外国資本に儲けを持って行かれるだけか、と私は少し気落ちした。

午後の見学は鰐の養殖場である。昔はヴィクトリア湖周辺から、卵を持って来て孵《かえ》していたが、今は鶏と同じ、最初から孵卵器で子鰐を孵している。池が幾つもあって、そこに大きさ別に数十匹の鰐が、固まって動いていた。三年だか四年だか育てると、殺して内臓を出し、塩漬け冷凍にしてイタリアに運び、そこでなめす。このなめしの技術が、イタリアのハンドバッグの品質の決定的な要素なので、他ではできないのだという説明である。

養殖池には、飼育係の男たちの他、鉄砲を持った女性ガードマンもいた。鰐は高値で売れるので、夜間も子鰐を狙う強盗を防がねばならないらしいのである。

しかしいずれにせよ、土地の産業だ、と私が喜んでいると、帰り際に凸凹コンビのような太ったイタリア人の男たち二人が挨拶に出てきた。それがほんとうの経営者なのである。

アフリカでは再び、新しい形の植民地化が始まっている、と私は憂鬱になった。アフリカ人は安い労働力を提供するだけで、儲けはヨーロッパ人が掻《か》っさらう。二十一世紀のヨーロッパ人たちは、決して表向きの政治体制まで支配しようとはしないけれど、現実に富を動かす力を持つのはやはりヨーロッパ人なのだ。

菊の温室を考えてみよう。私がウガンダ人労務者なら、どの菊は、どういう形で温度と湿度と日照を保ち、どういう時期にどういう肥料と殺虫剤を撒く、というような技術をすぐ盗んでしまうだろう。そして自分の農園を持つ。しかしそれができたとしても、産業にはならないのだ。ウガンダには、充分採算のとれる生花の需要と市場がないのである。それはヨーロッパとの間に航空路線の実績を持っているヨーロッパ人だけができる商品の移送の方法で、それでこそ、菊の苗を売って利潤がでるのである。

私たちはもちろん、畑の現場にも行った。アフリカの主な産物は、トウモロコシと唐人ビエである。他にトウガラシや瓢箪《ひょうたん》などもあちこちで見かけるが、大して力のある換金作物にはならないだろう。もっともすぐお金が儲かるからと言って、例えばワタを作ることは危険だ。ワタは非常に多く水を食う作物で、作り続けると、その土地は必ず非常に乾いたものになって、農耕が不可能になる、とも言う。

畑では、カーターセンターと日本財団が力を入れている高蛋白小麦を栽培した農家の奥さんもいた。煮染めたような色のボロを着ていたが、それは特に、その家が貧しいとか、夫が衣服を買ってくれない、ということではないらしい。労働着はもしかしたら毎日洗わないのかもしれない。ほんとうに繊維が弱るまで古びた衣服は、洗うとそれが決定的きっかけになって破れてしまうから洗わないのである。

その女性は「はい、おかげでたくさん収穫できました」と言った。私は「よかったですね」とお祝いを伝え、「お金がたくさん儲かったら、何をしたいですか?」と通訳に尋ねてもらった。

彼女はしばらく考えていた。女は誰でも、こういう時、本気で欲しいものを考える。アフリカの人たちは、ことにこういう時誠実である。本気で考えて答えようとしている努力がよく伝わった。

私といっしょに傍にいた日本人も、その瞬間予測できる答えを考えていたという。この子持ちの女性が、服を買いたいとか、ハンドバッグを欲しいとかいうことは誰も考えていなかった。しかし子供の運動靴や文房具を買いたいとかいうことは、誰しも予測したようである。若者の一人は、「自転車を買いたい、と言うかもしれない、とは思いました」そうだ。それはいかにもアフリカの発展のために地道に働いている日本の青年が期待する答えのように思えた。

しかしその農家の奥さんは、しばらくしてためらいがちに答えた。

「お腹いっぱい食べてみたいです」

それが農業改革の恩恵を受けて、成功した村人の現実だったのだ。

読者はこういう話を読むと、「その時、輝いていた人々」ではない、と思うかもしれない。しかしそのような日がもしかすると現実に来るかもしれないと思えるだけ、彼らの生活には輝く日々がたまには見えるように近づいて来た時代だったのだ。その慎ましい幸福を、長年、私たちは思いやることができなかったということなのである。

第15章

生活の中の音楽会

私は子供の時から、音楽については悲しいほど貧しい暮らしをしていた。父母に音楽への希求がなかったからだろうが、当時は大きなレコード盤に、針をセットしたアームを伸ばして聴いていた。いわゆる蓄音機時代だったのだから、音が悪かったのも事実だろう。しかし熱烈な音楽ファンというものは、戦争中も音楽を聴いていたのだ。そうだろう。音楽は非常時の方が、平穏な時より、死を間近に感じている人たちの心を動かすものなのだ。

一九四五年三月十日の朝、東京中が大空襲で焼け野が原になった時、疎開先の北陸に発《た》つ途中だった私と母は、上野から少し北上した地点で列車が空襲のため足止めされ、中にいては危険だというので、線路を離れて近くの岡の上の住宅地に逃げ込んだ。そこで無人の防空壕の中で一夜を過ごし、歩いて本郷駒込にいた親戚の家まで辿り着いた。学校秀才ではなかったが、一族の中で私が一番気の合った大学生の従兄は喜んで迎えてくれ、家は焼けてしまったのだが、防空壕の中のレコードと卵が焼け残ったことをひどく嬉しそうにしていて、早速当時は貴重品に思えた「焼け卵」をごちそうしてくれた。卵は少々いぶり臭かった。そんな光景を思い出すと、音楽愛好者にとってレコードは、戦争中でも防空壕に入れるほど大切なものだったのだろう。当時の「蓄音機」は手回しだったから、停電しても聴くことはできた。しかし周囲には、戦争が激しい中で音楽に溺れるのは非国民だと感じた人もいただろうと思う。

その後、私の青春は小説を書くという情熱に集中したので、やはり音楽には心を向けなかった。戦後、いち早く日比谷公会堂で開かれた音楽会に、一人の学校の先生が切符をくれたので、初めてコンサートというものに行った。嫌いというのではないが、音楽を聴かなくても、本さえ読んでいれば、心は満たされていたし、事実小説を書いていれば、音楽を聴く時間などなかったのである。もっとも今は聴きながら書くということもするようになったが。

しかし誰にも転機は訪れる。

四十代の終わりに、私は視力を失いかけた。全盲にはならなかったが、もう読書と字を書く力はなかった。幸いにも豊中の病院に、私の眼を手術してやろうと言ってくださるドクターが見つかったので、私は何回か一人で豊橋乗り換えで検査を受けに病院へ通った。その途中の新幹線の中で、音楽を聴くことを始めた。遠くの景色も近くの乗客の顔ももうよく見えないのだから、時間をつぶすには、音楽しかなかった。当時ソニーがいち早く「ウォークマン」という画期的な携帯用のプレーヤーを発売していて、それをイヤーフォーンで聴くと、演奏会で音楽を聴いているようないい音だった。

毛嫌いしたのではないが、私は演歌のようなものには、ついぞ心を動かされなかった。誰から勧められたのでもなく、私はワーグナーやブルックナー、シベリウスやR・シュトラウスなどに惹き込まれた。交響詩「フィンランディア」を聴きながら、私は次第に視力を失って行く自分の未来を見ていた記憶がある。

私の中で音楽が生活の中に定着したのは、その頃だったのかもしれない。とは言っても、多分私にはそんな自覚もなかった。音痴に近い方だったから、歌は歌わない。絶対音感がないから楽器もいじれない。

満五十歳直前に、私は手術によって視力を得たのだが、それからの私は音楽会場に自分で自由に足を運ぶこともできるようになったので、オーケストラを聴く機会を作るようになった。それから間もなく、夫がほんの短期間ではあったが、文化庁に勤めるようになり、オーケストラの運営のむずかしさについても話してくれるようになった。日本には現在三十六のオーケストラがある。これは実に贅沢《ぜいたく》な国家の姿なのだが、例外を除いて財政的には苦しいところばかりらしい。私は自分に音感がないので、自分で音を作り出す弦楽器や管楽器の演奏者たちは、その稀有《けう》な天才的才能に対して十分に報いられているものとばかり思っていたのだが、現実の芸術家の活動には、大体の場合、経済的苦境が続いているらしかった。

私は東京に本拠を持つ二つのオーケストラの年間会員になった。年間十回ほどの演奏会の時、私は自分の気に入った席に友達と行けるように二席分を確保した。すると入場券代も割安にもなる。私はそうして知人を誘って、音楽会の前後のお喋りを愉しみたい、と「老後」の過ごし方を考えたのだった。私がその計画を相談すると、夫は、「二席くらい売れたって大した貢献にはならないだろうけれど」と言いながら、「しないよりいいだろう」と賛成してくれた。日本人は私程度のささやかさでも、どれかの芸術の分野で支援者になる空気を作る気持ちがあってもいいと思う。しかし我が家の場合、夫は生後一年未満の時、中耳炎にかかって、片耳の聴力を失っていたので、音楽会には全く行こうとしなかった。

五十歳で視力を得てからの私は、外国へオペラを聴きに行く旅にも参加したが、その途次ワーグナーのパトロンだったルートヴィッヒ二世のノイシュバンシュタイン城も見ることができた。私は眼が悪くなる前後に、かなりひどい鬱病にもかかっていたので、現世でこれほどの贅沢ができた人がいたかと思われるルートヴィッヒ二世が、実は鬱と狂的な神経の中で生きていた不幸の部分もかなりよくわかるような気がした。ルートヴィッヒ二世はその才能を信じていたワーグナーに湯水のように金を注ぎ込み、「最上の友」のオペラ上演専用の大劇場の建設まで決定する。ノイシュバンシュタイン城の中には、王専用の小劇場も建設する。まさに権力者・富者の贅沢の極みである。

恐らくこの王様は当時は、人民のことなど考えず、使いたいだけお金を使ったのだろうが、この浪費のおかげで、音楽の世界は豊かな遺産を得たし、ノイシュバンシュタイン城という王の道楽の限りを尽くしたお城は「美しいというだけではない。それは幻想の世界の城であり、見る角度や標高によってその姿を変える」「すべてがルートヴィッヒ二世の作品なのである」と『狂王ルートヴィッヒ』の作者ジャン・デ・カールが書いたようなすばらしい文化遺産になった。歌手の部屋と呼ばれた個人用の演奏会場には六百本の蠟燭《ろうそく》がともされ、音響効果は極めてよかったという。しかしルートヴィッヒ二世の生前、この演奏会場が使われることはなかったが、現代のバイエルン地方では最大の観光名所として金を稼いでいる。狂王は賢明だったのかもしれない。

五十歳で初めて音楽が好きになった私は、六十四歳の時、日本財団という財団で働くことになった。私が赴任する前から、財団は既にその資金の一部でヴァイオリンのストラディバリウスやデル・ジェスなどの名器を買い集めてその数二十挺に及んでいた。初め、その意図は世間にかなり誤解されたようである。金持ち財団が財産として買っているのではないか、とか、財団の役員の誰かが、私的な意図をもって特定のヴァイオリニストに与えるのではないか、というような誤解だったが、それはことごとく的外れだった。ストラディバリウス級の名器は、どこかの国の資産家の家で〝死蔵〟されているべきではなく、しかるべき演奏家の手のぬくもりを始終感じて「鳴って」いなければならないし、最上の管理もされるべきものであった。

日本財団は、まだ若くて数億円もするようなストラディバリウスなどとうてい買えない新進のヴァイオリニストたちに、全くただで一定期間、これらの楽器を貸与する方策を取った。その人選には世界的に知られた音楽関係者によって構成された貸与委員会の承認を受けなければならなかった。すべての楽器はそれをできるだけ多くの人に聴かせるという使命を持っているから、貸与されたヴァイオリニストには、年に二回日本で演奏会を開いてもらう。一回はちゃんとした出演料の入る演奏会、もう一回は全くただで演奏してもらう、というシステムであった。

私は財団に行ってから、社屋を移転するという仕事もしたのだが、その一階にはかなり広い広間があって、普段はお金の申請をしに来る人たちの要請を、財団の職員が聞くためのオフィスだった。私はお金の相談は、世間から丸見えの部屋でやるべきだ。閉鎖的な暗い空間で決めない方がいい、と考えていたのである。しかし同時に私は、そこをできるだけたくさんの人たちが使えるように開放すべきだと考えていて、講演会やちょっとした音楽会も開けるようにしてあった。もっとも音響効果はあまりよくなかったらしいが。

貸与を受けている若い演奏家たちによるストラディバリウス・コンサートは、だからこのホールを利用して全く無料で開かれることになったのである。もっとも無知な私は、それまでに財団は、いいピアノも用意しなければならないことを忘れていた。ピアニストのアシュケナージ氏が選んでくれたスタインウェイの演奏会用のグランド・ピアノを、ドイツから日本まで運んで財団のホールに据えつけるまでに一千六百万円ほどかかったと記憶している。これでも、この楽器は公共の場で使われるというので、安くしてもらったということであった。

それまでにも、このヴァイオリンの名器に関しては、私以上に、無知な人々がいるという話は耳に入っていた。当時の財団の主務官庁は国交省だったか、その担当官はやはり音楽の世界には遠い人らしく、そんなに高いものを買って誰が弾いて楽しむんですか、というようなことをまず質問したらしい。財団の幹部が、自分が弾いて楽しむために買うのだろう。或いはご贔屓《ひいき》のヴァイオリニストに与えるのか、とそんな考え方であって、一挺の楽器が、どれだけ多くの人に聴いてもらえるか、という発想はなかった、という説もある。

その頃私は世界各国のコンサート・ホールであの異様な静かさを要求されることに、かすかな違和感を抱いていたことを自覚した。もちろん音楽会は雑音のない空間の中で聴きたいのは当然だ。だから聴衆は、無礼な音を立てないように十分配慮するべきだということは当然である。そして私たちは、その曲の開始時刻に遅刻すれば、途中の楽章の切れ目まで待たねば席に入れてもらえなかった。それでも周囲の人たちから白い眼で見られるような気がした。

もちろんオーケストラは、作曲家、指揮者、演奏者の魂の結集である。しかしそれほどに厳密に周囲の雑音を規制すべきなのだろうか、と私は疑問に思っていた。

音楽は人の生活と共にあり、またあったはずだった。

ルートヴィッヒ二世のノイシュバンシュタイン城だって、あたりは渓谷や丘の続くいわゆる田園地帯にある。そこには王様のご領地の中に放牧されている羊も山羊の群もいただろう。家畜たちは、どんなに禁止したって啼《な》きたい時に声をあげる。「パルジファル」の途中に「メエエ」という羊の声や、遅れてやってきた客の馬車の音が聞こえることだってあったかもしれない。

そもそも現代の音楽会場や、録音室の静寂というものは、前世紀になってやっと完成した人工の無音地帯だろう。完全防音の中の静寂は、いわば死んだ静寂だ。蒸留水のような不自然な純粋だ。私はせめてそうした空気に対抗するためにも、自然な生活の中で聴ける音楽会をしたいと願っていた。だから途中の入場者も認める。その代わり大勢の人にできるだけ影響がないように、後方の出口近くに座ってもらう。

私の記憶にもっとも強烈に残っているのは——と言っても年月日は覚えていないのだが——財団の一階のホールで、何回かのストラディバリウスの無料コンサートが開かれた日のことである。コンサートの開催は、ホールの大通りに面した窓に貼ったポスターや、インターネットなどを通じても知らされていたはずだった。

財団の前の通りでは、ニューヨークの世界貿易センタービルに二機のテロリストの飛行機が突っ込んだ、いわゆる9・11の同時多発テロ以来、アメリカ大使館の警護は非常に厳しくなっていた。大使館から、ビルにして二、三軒目の位置にあった日本財団の前には、機動隊の車両が常時並んでいて、財団は厳しい配置についている警察官のために、財団の地下にあったアスレチック用の広間やトイレを機動隊専用に提供していた。それもささやかな市民の勤めの一つと考えたからである。寒い冬でも、そのアスレチックルームは温い。そこにいつでも熱いお茶だけは飲める機械を据えた。氷雨の降る晩など、数分でもそこで濡れた重い合羽を脱ぎ、熱い番茶をいっぱい飲めるだけでほっとします、という感謝も警視庁から日本財団に届けられていた。

しかし初めてのストラディバリウス・コンサートの開かれた夜、始まる直前になって、財団のすぐ前の道に、常時停まっていた機動隊の車両は消えていたのである。

「どうしたの？」

と私はコンサートの係の職員に尋ねた。

「こちらは、『全くいつもの通りでかまいません、どうぞそのままいらしてください』と言ってあったのですが、やはり音楽会の最中に、あの赤色灯が、くるくる廻っているのはいけないと言って、あちらで気をきかせて移動してくれたんです」

そうか、と私は思った。日本の警察はそれほど繊細な神経をもっていたのだ。そうでない人もいるだろうけれど、少なくともアメリカ大使館警備の機動隊はよく気のつく人たちだった。私は事前に「よろしかったら、その時間に非番になられたおまわりさんたちも、ストラディバリウスを聴いてお帰りください」と伝えてあったのだが、残念ながらそれはできない、とあらかじめ断られていた。制服のまま音楽会に出ていたら、やはり、職務を放棄して遊んでいる、と市民に思われかねない。その誤解は防いだ方がいい、ということだった。

私は近くの聖路加《せいろか》病院の知人のドクターにも、入院患者さんたちで聴きたい方がいらしたら、音楽会にお連れください、と言ってあった。車椅子のままでいい。フランスのルルドという、奇跡的治癒《ちゆ》を求める重病人の集まる土地では、町中にベッドに寝たままの病人や、車椅子の人たちで溢れている。その人たちを動かすために、世界中から多くの人たちが、ボランティアとして集まっていて、そうした病人を健康な人と同じに、夕の祈りや、蠟燭《ろうそく》行列に加わらせるのである。人間、死ぬまでは生きているのだから、健康な人と同じ行動をしてもらえばいい。それを思えば、近くの聖路加病院から、数人の病人が夜のコンサートに来ることなどなんでもない。日本財団には若い男手がいくらでも揃っているのだから、病人が音楽会の最中に急変することがあっても、少しも動揺することはない。それに気づいた人が静かに車椅子を移動させればいい、ということだけを指示しておいた。好きな音楽を名器の演奏で聴きながら死を迎えられたら、こんな贅沢な最期《さいご》はないだろう。

しかし入り口近くに立っていた私が一番嬉しかったのは、一人の若い男性が、玄関で慌ただしく脱いだ合羽の滴《しずく》を払いながら小走りで入って来たことだった。オートバイによって都内の会社に書類を届ける会社の人だったのである。彼は仕事の都合があったのだろう。時間より十分ほど遅れてやってきたのだが。そこで恐らく初めてストラディバリウスの音を聴けたのである。

第16章

ラブホテルの真摯な経営

今から二十数年前の一九八九年初頭、昭和天皇のご病気は深刻な状態にあった。誰もが、遊び気分になれなかった。宮内庁は日々のご容体を発表したが、その中には血圧が下がった、という憂慮すべき症状もあった。しかし若い時から低血圧だった私は、陛下の最高血圧が百を切った日にも、自分が当時の陛下のご病状と同じくらいの低血圧で生きていたことを思い出して、「まだ平気よ」などと言っていたことを覚えている。

私はちょうど毎日新聞に、新聞連載を始める準備をしている最中だった。その年の一月一日からスタートしたような気がするのだが、正確な記憶ではない。新聞小説は、私の場合、スタートする前から筋はすべて細部まで決まっており、ことに最後の場面は短編として成立するくらい細かく頭のなかでコンテが描かれていなければならなかった。それが完成していないと、不安で書き出せないのである。しかし題では、前年の年末から連載小説の責任を負う学芸部と少しもめていた。私は初め『殺人鬼』という題を考えていた。連続殺人を犯す人物が主人公だったからだが、新聞社側はそれでいいという返事をくれなかった。関係ないことだと思うが、陛下のご容体が悪いという時に、「殺人鬼」という題は好ましくないと言うのである。もちろん私は、社会的には殺人鬼と言うべき人物の中にも輝く人間の証《あかし》を描こうとしていたのだが、それは作品が終わらないと、外部の人にはわからないのも当然である。

実はこの作品は私にとって永年のテーマだった。神はどこにいるか、ということは、人間にとって素朴ながら大きな関心だった。自分のハートの中とか、空の上のほうとか、宇宙全般とか、言うことは人によってまちまちだったが……しかし聖書によれば、神は今私たちが相対している人の中にいらっしゃる、という。すると当然殺人鬼と言われるような連続殺人を犯すような人の中にもおられるわけだ。私は作品の中で、その証明をしなければならない。

新聞小説はスタートしたが、私の取材はまだ続いていた。そのうちの一つは、主人公が行くラブホテルだった。登場するのは、一千枚の小説の終わりに近い部分のような気もしたが、取材は早く済ませておかねばならない。

私はまだラブホテルという所に泊まったことはなかった。外国では、どうしてもホテルが取れなかった時いたしかたなく、夜半発の飛行機に乗る前に休息を取るために、その手のホテルに泊まったことはあるが、日本では入ったことがない。私の知人の男性は、ラブホテル群のある地方の小都市で床材を張る仕事をするのに、どうしても近くに宿を取りたかったので、職人の男と二人でラブホテルに泊まって便利だったと言って笑っていた。男二人というのもまた気になったのだろうが、そういう使い方をしている人もいたのである。

私は「電動ベッドですか?」などと知ったかぶりをしていたが「そんなものは古い流行ですよ」と言われる時代だった。どこがいいのかわからないが、丸いベッドの写真は見た事があるような気がする。

その程度の予備知識しかないので、私はやはり現場を見ることにした。東京の近くでは、御殿場の高速道路に沿ってその手のホテルがたくさんあるのを私は見ていたので、新聞社に「あのあたりに行ってみます」と言ってあった。しかし当日になると、新聞社には取材のために出せる車がなかった。それほど陛下のご病状にいつ変化が出るのではないか、という恐れがあったので、新聞社の全車両は動員され、タクシーまでが借り上げられて、皇居の周囲はマスコミの車で取り囲まれているような状態だったのである。私はその頃から既に、出版社や新聞社に取材費を出してもらわないことを原則にしていたので、すぐ我が家の車で行くことに決め、知人に運転を頼み、私の担当の若い記者氏を乗せて御殿場まで行くことにした。

二〇一六年九月二十五日号の「サンデー毎日」に、「大検証　ラブホテルが消えるって、ホント?」という記事が出て、私はひさしぶりに当時のことを思い出したのである。担当の記者氏は私と行くのをうんと嫌がっていた。こんなオバサンと場所もあろうにラブホの玄関を入るのを嫌がる気持はよくわかるが、取材とあればどんな気持ち悪いことでも怖いところでも、ガマンしなければならない。そう思って私はあまり同情的ではなかった。

その日の午前中も午後も、彼は始終神経質にニュースを聞いていた。「そんなに陛下のご病状が気になるんですか?」と聞くと、新聞社というところはイジワルなところで、陛下にもしものことがおありになると、たとえ仕事中でも「その時、あいつはラブホにいた」という逸話ができて困るからなのだそうだ。しかし私はそれでも同情しなかった。取材となれば、敵の銃弾かいくぐり、感染症汚染地帯に入るのをものともせず、というのが、マスコミ魂というものだからである。

その日、私たちは二軒ほどのラブホテルを見学した。一軒目は思いつきで経営しているような店で、寝室と浴室の間がガラスの壁になっていたりするだけだった。しかし私はそこで、ラブホテルの基本的な規則だけは学んだ。

駐車してある車のナンバーが通りすがりの人に見えないように手前にカーテンを掛け

ること。部屋にはお鮨などの出前のメニューが置いてあることなどだった。もちろんこの手のホテルの基本は、かなり厳密な防音装置をほどこしてあることだった。

しかし二軒目の大きなチェーン店に入ると、私はその装置にことごとく感心した。風呂場は前のお客が出ると、待ち構えている掃除班のおばさんたちによって、すぐに完全に清掃され、かつ次ぎの人が入るまでの短い時間に浴室のタイルも完全に乾いていなければならない。鮨屋などの出前は、部屋から電話で注文できるが、鮨桶を受け取る場合でも、部屋にいる人は鮨屋の配達人に顔を見られることはないような装置があった。出入り口の傍に昔の日本式トイレの掃き出し口ほどの高さの小さな戸があり、そこから鮨桶だけを中に入れてお金を受け取る。お互いに相手に見られるのは掌から先だけである。

客たちは自室に入って靴を脱ぐと、ドアは自然に施錠され、以後は、帰るとき支払いが済むまでは中からも開けることができない。しかし万が一火災が起きた時などに脱出できないと困るので、集中的に二十四時間建物全体を見張るテレビ監視に数人が貼り付いており、発火と同時に施錠を解除するようになっている。

支払いの時も顔が見えなくて済むように、請求書も支払いのお金もお釣りも、すべてシューターを使って客とフロントとの間でやり取りされる。御勘定が済むと、まだ客の気がつかないうちに、玄関の施錠は解かれており、客は好きな時に中から開けて出て行くことになる。

　プライバシーを保つことに、これほど心がけているシステムもない。それでもなお、隠しカメラがあるだろうと言う人もいるが、その点まで、私は知ることはできなかった。それほど秘密を守りたかったら、そういう所へ出入りしないのが、もっとも有効な方法なのである。

　私が感動したのは、こうした厳しい経営法だけではない。このラブホテルには、それなりに経営者の商売上の夢があったのである。

　それは一般のホテルと違って、部屋には一間ずつ全く違った趣向が凝らしてあったことだ。ただ壁紙の色が違うとか、置かれている椅子の時代様式が違うという程度ではないのである。

　例えば「幼稚園のお教室」という部屋は、中が小さな幼稚園になっている。ジャングルジムもあれば、ブランコもあり、小型の滑り台もある。同伴する女性が、幼稚園の先生になりたいというのであれば、こういう部屋を選んで来るというのが発想の元なのだろうが、子供用の遊具も、そこでは随分奇抜《きばつ》に使えるのだろう。

ブランドものの好きな女性はけっこう多いらしく、部屋の中に幾つかのショウウィンドウがある部屋もあった。ガラスケースの中に有名なブランドもののハンドバッグやアクセサリーが飾ってある。ただそれだけのことで、泊まる人にそのハンドバッグを売るとか、男が買ってくれるという話ではないらしい。

驚いたのは、見せてもらった部屋の中には、「ブルックリン橋の下」という部屋もあることだった。実は私はブルックリン橋の下には、どういう人種がどういう生態でいるのか、全く知らない。しかし整備されたラブホテルに来ながら、なお青カン趣味の人がいるということもおもしろかったのである。ベッドは普通だが、頭上には斜めに橋桁《はしげた》風の構造物が走っているような絵がかかげられていて、遠くに見える光景は、間違いなく橋の下から眺める大都会なのである。

ベッドの足元数メートルのところから、日本庭園風の偽の植栽が置かれていて、そこに野天風呂風の風呂ができている部屋もあった。部屋の中で野天風呂を楽しむ趣向である。二人はセックスを楽しみに来たのだろうに、実はカラオケ目当ての部屋もある。ほんの幅一、二メートルのミニチュア舞台もあり、キャバレー風の色電球が、ちかちか点滅している。そこにマイクがあり、一人一人がこのミニ舞台の上に立って、精一杯の音量で歌うのが楽しみなのだ、という。もともと防音装置の完全な造作なのだから、むしろカラオケ趣味のカップルに向いているのかもしれない。

私はそこで経営者という人にも会えた。

戦争中の海軍兵学校の出身だったと思う。だから思いつきで儲け仕事をしているのではない。すべて作戦のように計画的なのである。いまだに自宅も狭く、或いは自由に会えない関係の男女に、一時にせよ、開放された性の幸せを与えたいということだったと思う。

このチェーン店は、全国に何店展開しているのかは聞き忘れたし、取材ノートも今は紛失していて手元にはないが、この室内の模様替えは、十カ月から一年未満くらいで行なうと聞いて、私は「それはお忙しいですね」と言ったような気がする。仮に一店舗二十室あったら、二十通りの趣向の違う部屋を作らねばならないのだ。恐らく次ぎの企画のために、この人は絶えず新しいことを頭の中で考えているのだろう。数十室もあったら、デザインを思いつくだけでも大変だ。客の中には、自分の好きな部屋ができると、次ぎの時にもそこを指定して来るという。

私は従業員に、「変わったお楽しみをお持ちのお客がいらしたというご記憶はありますか?」と聞いてみたのだが、「蠟燭の蠟が垂れていたことがあります」という程度で、猟奇的な話もなかった。隠しているというのではなく、客たちはすべて健全な人ばかりらしかった。

私だったら、マリーアントワネットの寝室とか、イギリス貴族のお館《やかた》の下女部屋とか、日銀の金庫室とか、北海道新幹線の一等寝台車とか、キイロスズメバチの女王蜂の部屋とか、大型旅客機のコックピットとか、たちどころに十や二十はできそうだとその時は思ったが、後は続きそうにない。しかしここの経営者にとっては、楽しみはそれを考え続けて行くということにあったのだろう。そこには卑猥なセックスの介入する余地もない。ただ創作の楽しみだけというものだ。

その時知ったのだが、当時はラブホテルの室内装飾専門の月刊誌もあって、私はそれを定期講読してみたい、という思いもしたが、結局それはしなかった。だから雑誌の題も忘れたし、そのような雑誌が今もあるのかどうか知らない。

当時既にラブホテルという名前は使ってほしくない、「レジャーホテルというのです」と現場で教えられたが、しかし最終的に残った呼称はやはりラブホテルだったようだ。

週刊誌によると、最近の観光客ブーム、ことに中国からの客の増加に備えて、ラブホテルが続々と普通の観光客用に改造されているのだという。一時は月商六百万円あったものが、最近では二百五十万円にまで落ちていたことも大きな理由らしい。

そこでどのような改築をしたかと言うと、「ベッドをダブルからツインに替え、壁紙を白に統一。テレビなどを新調したほか、ラブホ時代の密閉型木戸を撤去し、窓にレースのカーテンを取り付けた。改築費は二千万円ほどだった」という。

この他「風俗営業法上のラブホ営業許可を返上し、旅館業法が義務付ける食堂やフロントを作った」ようだ。中国の旅行社とも業務提携した。

私は取材に行く前は、ラブホテルの経営をやはり一種の性産業と考えていた。しかし行ってみると、関係者の真摯な一面に触れて、全く印象が変わった。旅館とか、料亭とかの経営と、本質は違わない。そこには日本人の几帳面な、そしてあくことを知らないサービス精神が溢れていた。

取材の帰り、私は道路の混むことを恐れて、自分一人御殿場で車を降りた。その頃から私は音楽会に行く趣味があって、列車で東京に戻れば、時間通りにコンサートホールに着けるという計算をしていたのである。

すると私は車内で思わぬ人にあった。政府の審議会の一つで、月に一度は会議の席で会っていた労組の委員長だった。その方は豪放でありながら、心遣いの細やかな温かい性格で、私は会議の合間にもよく雑談していたのである。

その方は私の顔を見ると、手を挙げ、

「おっ、こんな所で……どこへ行ってたの？」

と聞いてくれた。私はそこで嬉しそうに、

「今ね、ラブホテルへ行って来たの。ほんとうにおもしろかったのよ」

と言ったのだそうだ。もちろん私はそれからその人に、いましがた終えたばかりの取材で、私が知り得た話を感動を込めて延々と話したらしいのだが、きっと車内では、ラブホテルに行ったというところだけ聞いていた人もいたのだろう。

日本人は、戦後実にまじめに働いた。日本社会の細部で、与えられたポジションの機能を完成するために、自分の全能力を挙げて闘い抜いた。こんな国民は、世界にそう多くはない。それが私に、ラブホテルが単なる性産業ではない、という地面に足のついた明るさを垣間見せてくれたのだろう。差別感をなくすには、その人の携わる仕事に敬意を持つことが、もっとも手っとり早い。

私の連載小説の題は発足間際に『天上の青』に決まった。

第17章

あるがままの明るさ

最近子供の虐待が増えたと聞くと、誰でも暗澹《あんたん》とした思いになるだろう。普通なら、親は子供がかわいくてかわいくて、猫かわいがりにしたいところなのだが、それでは教育上いけない、少し厳しくしつけなさい、などと言われて、心にブレーキをかけているのが実情だ。

しかし子供を虐待する親の心理は、社会学的に見ると解明できる。現代の親たちは、享楽的生活しかしたくない。自分が楽しみたいことがたくさんある。家庭でも存分にゲームをしたい。冬はスキーに行きたい。ライブを聞きに行きたい。カラオケを愉しみたい。ラーメンを食べに行きたい。

こうした楽しみの中では、乳児や幼児がいるから行けない、という制限を受けることを許せなくなる。それは自分の享楽を妨げる不都合の結果だと感じるからだ。

しかし昔から、子供が小さいうちは、どこの家庭でもお母さんたちは、映画にもお芝居にも行けなかった。上の子供が小学校に上がると、今度は下の子の世話が残っており、上の子が高校・大学へ行く時の費用を捻出する心配もあるので、これまたスキーや旅行のためにはお金を出せなかった。

子育てというものは、そういう大事業なのである。世の中には、大会社で出世するとか、小さなお店をやって行くとか、どちらにしても大変な過程を経なければならない仕事がある。子育てもその一つだが、実は他のどれよりも大きな意味がある。

しかし今の若い夫婦の中には、人生の大きな目的のために、自分の楽しみの部分を犠牲にするということを認めない甘さがある。だから自分の欲望の邪魔をする存在は、たとえそれが自分の子供でも許せないのだ。

今の子供たちは、実に豊かな暮らしをして育つ。若い親たちは、その苦労なしの子供の成れの果てだと見てもいいのだろう。

昔は貧しい家の子供たちは弁当を持って来られなかった、というと、学校給食があるからいいじゃないの、と平然としている。話がまるっきり通じないのだ。学校給食などという制度は昔はなかったという知識もない。

昔の「弁当も持って来られなかった子供たち」は、友だちが弁当を食べている傍で、お腹が空かないふりをしたり、校庭で遊んでいたりしたものだという。

夫は東京の西のはずれの、その頃は農村と思われている土地で育った。夫の家も決して豊かではなかったが、弁当を持って来られないほどの貧しさではなかった。

「そういう友だちがいると、どうするの？」

或る日、私は聞いたことがある。

「そりゃ、少しは悩むさ。初めは、半分分けてやろうかと思う。しかし今日半分やると、明日からずっと半分分けなきゃいけなくなるだろう。それも少し辛いな、と思うんだ。こっちも食べ盛りだからね。それで見て見ないふりをすることに決めるんだ」

その頃の、田舎の小学生では、妹のお守を命じられている子は、背中に眠りこけている妹を背負ったまま、学校へやって来た。その妹もそのまま教室にいた。背中があったかく感じるということは、妹がオシッコを漏らしたという印だった。犬を連れて学校へ来る子もいて、犬も教室の隅に寝ていた。

まともな意味での弁当を持って来られない子もいた。親が農作業に忙しいと、正月の休み明けなどには、朝焼いて醬油をつけた餅をそのまま弁当箱に入れて持たされてくる子もいた。

「そんな焼きざましのお餅なんて、食べられないでしょうに」

と私は驚いた。焼きざましのお餅はかちかちになっているはずで、歯も立たないというしろものに違いないのだ。

「それでも時間を掛けて食べるのさ」

と夫は言う。つまり丸々一時間近くかければ、どうにか二、三個のカチカチのお餅をお腹に入れられるというのだ。私は硬くなった餅をしゃぶるように食べるという解決法を初めて知った。

夫は実に様々な人生を友だちから習ったという。おやつの半分は、下校時の自然の中で調達した。桑の実やアケビなど食べられるものを採って食べる。ワルガキたちは栗や柿などを学校の帰りに、近くの農家の庭から勝手に取ることもあった。人のうちの桃やイチヂクもごちそうになる。すると持ち主が「コラァ、ガキめらがァ！」と怒鳴って追いかけてくることもあった。しかし本気で怒っているのではない。一応のけじめをつけるために怒鳴るのである。実を盗む方の子供たちも、自分がその日食べる分だけ取るので、決して売ろうとしたりする悪意はないから、許されていたのだろう。現代の西瓜泥棒は、自動車でやって来て、トランクいっぱい盗んで帰るのだから、警察沙汰になるのである。

柿や栗の木の持ち主は、時として子供を追いかける。すると子供たちは竹林に逃げ込む。竹林の中では、身が細い子供の方が早く逃げられる。それで追っ手を振り切れるのだという。

子供たちはほんの少しお小遣いがあると、メンコを買ったり、虫を捕まえるためのトリモチをほしがったりした。もちろんそれらは安いものだったろうが、そのための小遣いさえもらえない子もいたのだ。

虫採りは、彼らのもっとも刺激的な楽しみだったが、竹竿の先に粘着性のものがないと、虫は採れない。それでお金のない子は、蜘蛛の糸を絡めつけて、それで虫を採った。

「トリモチを使うと、トンボの羽根なんか、べたついてだめになる。だけど蜘蛛の糸だと、きれいに剝がれるんだ」

夫はそういう智恵を、イタリア文学者の父からではなく、友だちから習った。父親にも教えられない世界というものは、常にあるのだ。

こういう生活を通して、子供たちは、友だちにはワルガキの面と、畏友の面とがあること、そのどちらも必要なこと、を学ぶ。しかしそうじて今の親たちは、社会的にランクの上の人か学校かからしか学べないと思っている。それは大きな間違いだ。

世界にはまだ学校へ通えない子供たちがたくさんいる。

第一の理由は、学校が遠いことだ。分校の設備などなく、距離が遠いこともあるが、日本の子供たちなら電車やバスなどを利用してかなりの遠距離からでも通っている。私の知人の子供は、都会の真ん中で自転車通学をこなしているが、それは親に自転車を買ってやる経済力があり、それを適切な場所に置きさえすれば帰校時まで盗まれない、という社会の保安システムがあるからだ。貧しい国では、人は盗めるものなら何でも盗む。一年かかってやっと収穫した畑の作物でも、電線でもレールでも、国庫の金でも（これは大統領とか高級官僚だけが盗める手口だが）、取れるものは盗んで平気だ。

遠い土地にしか学校がない場合には、寄宿舎を併設するのが普通だが、それは私立学校などでお金がある場合だけである。貧しい国はまた不思議と貧富の差が激しくて、貧困の中にぴかぴかのお金持ちがいるのである。一方公立学校でさえ、国家は先生の給料を数カ月分滞《とどこお》らせて平気だ。インドなどでは、学校の傍にたった一間《ひとま》の泥の家を借り上げて、そこを寄宿舎にしている場合もあった。男の子も女の子も、その一間に寝る。寮母さんのような人が、裏の土間の一部に自分も寝泊まりして、子供たちの衣服を洗濯し、食事ごとのカレーも作ってくれるので、温かい家庭的な空気はある。

子供たちは、その宿舎では、あぐらをかいて座り、泥を固めた床の上に本やノートを広げて、読んだり体をかがめてノートを書いたりする。家庭にも家具というものはないのだそうだから、こういう暮らしには馴れている。近代的な建物の小学校でも、二年生までは教室にも椅子と机がなく、子供たちは床にあぐらをかいて授業を受けていた。その二年間に、机と椅子で授業を受ける上級生のクラスを見て心構えをするので、ちょうどいいのだという。

ついに学校に通えないという子供も世界中にはたくさんいる。親が農民か牧畜民だと、農地の世話や、家畜の番を子供にもさせなければ食べていけない。だから、教育が必要ということは薄々わかっていても、子供を学校になど送る時間はないのである。

経済的な問題もある。学校へ出すとなると、大きなかぎ裂きのまま繕《つくろ》ってもいない古シャツと古ズボンというわけにはいかない。履物《はきもの》も用意しなければいけない。文房具も要る。そういう金がなければ、親たちは子供を学校に出すのを躊躇《ためら》う。だから教育を受けなかった子供の率は途上国ではかなり高い。誰が悪いのでもないが、要は政府が教育の受け皿を作っていない場合が多いからである。

しかし昔は日本でも、それに近い状況がなくはなかった。

私は一人だけ「自分は文盲だ」と言った人に会ったことがある。初めに解説をしておくと、その人はまれに見る頭のいい人物で、決して彼が言うように、全く字が読めない書けないということはない。ほとんど独学で、彼は新聞も読めば、書類も作る。足し算引き算ができないということもない。自然科学に属する広範な知識もあり、話していても知的に楽しい、私にとっては一種の人生のお師匠さんのような人だった。

その人が自分で語ったところによれば、彼の父は炭焼きをしていたので、かなり人里離れた山奥に居を置き、そこで一家は近くの木を切って、炭を焼くことで生計を立てていた。できた炭は俵に詰めて町へ運ぶ。荷車も通らない山道だから、人の背だけが運搬手段だった。この少年は、子供の時から父の息子として、炭を運ぶ仕事を手伝っていたのである。

冬になると雪に埋もれた谷の奥であった。分教場もない。道は数メートルの雪に閉ざされ、外界と接触することもできない時期もあった。それで彼はついに、小学校というところにまともに通えなかったのである。今だったら自治体が分教場を作るか、小学生でも学校の近くに一種の下宿をして通学することもあるらしいが、当時の生活はどこでも「あるがまま」であった。

彼は一度に百二十キロの炭を背負って山道を運んだ。

この重さになると、荷物は自分が背負って立ち上がることはできない。人に背負わせてもらって歩きだす。途中で休みたくても、一旦腰を下ろしたら、一人では立ち上がれないから、休憩の時は、荷物の下にT字型の杖をかって、加重を減らし、少し肩を休めるだけだ。何歳の時からそうした生活が始まったのかは聞き漏らしたが、彼はともかく早いうちから、親の生活に参加して暮らしたのである。

明治・大正の影響を受けた時代には、まだ文盲の人がいたようである。

私は今から四十年ほど前になる福岡空港の光景をいまだに忘れない。私たち家族は韓国のソウルで数日を過ごした後、南下する列車に乗り、釜山を見てから飛行機で福岡空港に入ることにした。

空港で入国審査の列に並んだ時、私の前には一人の小柄な中年女性がいた。目立たない人だったというのは、服装も普通なら、容貌も人並み、立ち居振る舞いにも何ら違和感はなかったからである。しかし日本の入管審査官は、その女性が前に立つや、ためらいもなく聞いたのである。

「小母さん、字読める?」

私はその言葉に耳を疑った。私はきっと何か聞き違いをしているのと思ったのである。

しかしその女性はごく普通に、

「読めません」

と言い、その係官は、それによって何かイジワルをするという風情もなく、淡々と支障もなく入国審査の手続きを終えた。

その女性は、大雑把に言うと私と同じくらいの年頃だった。だから生きた年代も同じようなものだったはずだ。彼女が持っていたパスポートが、日本のものだったか韓国のものだったか、私は見ていない。韓国で育っているとすれば、日本政府は日本領となった朝鮮半島の人々に対しても日本人と同じような教育をしていたのだから、普通なら字が読めないはずはないのである。

しかし私の胸を打ったのは、正直なところ、ひと目でこの女性にこのような質問をして、それが的はずれでなかった福岡の入国審査官の「人を見る眼」であった。それは決して蔑視ではなく、ただ自分の任務に忠実な人だけが持ちうる一種の勘に裏打ちされたものだった。私はまことに静かだったこの二人のどちらにも、深い尊敬を感じた。

私は五十歳半ばから、身障者の人たちと、聖書の勉強を兼ねて、イスラエルやイタリアに二十三回も旅行したのだが、初期の頃、韓国の元ハンセン病患者だった人を、毎年一人か二人ずつ招待していた時代があった。

今さら過去に日本が犯して来たことを謝ることはできない。夫は終戦の時満十九歳、私は十三歳で、共に慰安婦を送る組織の当事者でもなく、そのような女性を「買う」立場にいたこともなかった、と夫は笑う。

ユダヤ人によれば、本来人は、当事者でなければ、謝ることができないと考える。だからユダヤ教の教師であるラビ・アルバート・フリードランダー博士の著述は明快にそれを示している。

「一人の老人が私に近づいて来た。『ラビ（先生）！』と彼は言った。『私は強制収容所で看守をしていました。あなたは私を赦してくれますか？』私は彼を見詰めた。『いいえ』と私は言った。『私には赦すことができません。（中略）ユダヤ教には新年と大贖罪《しょくざい》日の間に十日間の悔い改めの期間があります。そのとき、私たちは、悪いことをして迷惑をかけた人のところに出向いて、赦しを乞います。しかしあなたはあの六百万人のところに行くことはできません。彼らは死んでいるのですし、私が彼らの代弁をするわけにもいきません……』」

ユダヤ教は当事者でなければ赦すことができない、と言う。なぜなら、それができると言うなら、自分の罪を他人に謝らせることもできることになるからだ。だから慰安婦問題は、戦後七十年経つ今、最早時間的に誰も謝ることは不可能になっている。

夫の考え方も同じだった。謝ることはできないなら、これから過去に与えた不愉快な記憶を上回る量のよい記憶を作ればいい。そう考えて私たちは、元患者で、日本領時代の教育を受けることもしなかった（家族が病気を隠したので）女性を一人、第一回目の聖地巡礼に同行することにしたのである。そしてこの女性も、初めの一時間ほどを過ぎると、完全に日本人の同行者たちと打ち解けてくれた。

一般に日本人の思考は、ユダヤ人とは違う。自社の社員や部下の警察官が法を犯せば、その会社の責任者や警察署長が出てきて謝る。しかしユダヤ人は決してそんなことをしもしなければ、可能とも考えていない。

日本に生れ育ちながら、山奥で全く教育を受けられなかった人は、少しも心に傷跡を残していなかった。彼は伸び伸びとして、どこにいても周囲を温かく包む性格だった。もし自分の受けた運命の処遇で僻《ひが》んでいる人がいたら、多分それは自分でその道を選んだだけなのだ。今の日本社会は寛大な眼で周囲を見ている。学歴ではなく、その人の才能を評価しようとしている。その方が自分や自社の利益になるからだ。

そういう気風を持つ国家も社会も、実は極めて少なそうである。私はそのような日本に住んでいられる幸福をしみじみ感じることがある。

第18章

乞食という生業

私の子供の頃、世間にはまだ、乞食《こじき》と呼ばれる人たちがいた。今の時代の人たちにはわからないだろうが、戦前には、「生活保護」などという制度もなかったから、お金のない人は、親類に借りるか、いよいよ食いつめれば、人通りの多い町の地べたにボロを着て座り、ひざの前に空き缶をおいて、お情けでそこに小銭を投げ入れてもらって生きる他はなかった。

私がこの「乞食」のことを書こうとすると、十年ほど前までは、すべてのマスコミが、「乞食」という言葉を使うことを禁じた。今はさすがに一部の出版社は、筆者の自由という姿勢を取り戻しつつある。当然のことだろう。

当時はマスコミが世論なるものに唯々諾々《いいだくだく》として迎合《げいごう》している時代で、「乞食は『差別語』となっていますから、使えません」と言われれば、筆者が書き直さない限り、その原稿は日の目を見なかった。

日本のマスコミが、戦後は、自由な表現を守り抜いた、というようなことを言うが、それは全く嘘であったことは、この一つによっても明らかである。

人を差別することはいけないことだが、それについて触れることもいけない、というのは、まさに差別そのものだ。それでは社会学も、心理学も、医学も成り立たない。そ

んな歪んだ規範に、産経新聞を除くあらゆる全国紙が、おかしいとも思わずに従ってい
た。いや、多分今も従い続けている出版社はたくさんあるだろう。
その時代の、私の憂鬱は、「昔、日本には乞食がいた」と書くと、必ず編集部から電話
がかかって来て、その部分を書き直せ、と言うのである。わざと「どこがいけませんか」
と聞くと、「乞食は差別語ですから、使えないことになっています」「でも、これは署名
原稿なんですよ。『乞食』が使ってはいけない言葉なら、読者は書いた私を非難するでし
ょう。ですからお宅の社には責任ないんです」「でも最近は、こういう言葉は使わないこ
とになっています」「じゃ、なんて書けばいいんですか?」「『物乞《ものご》い』です」「同じことじ
ゃありませんか。昔の日本では、普通に乞食と言いました」「しかし、これは困るんです」。
つまり一種の強権で書き直さないなら、原稿は載せられない、というわけだ。それで
私は多くの新聞社や雑誌社と縁が切れた。小さなことかもしれないが、普通出版社は筆
者が書いたこと自体に間違いがなければ、或いは、明らかな危険思想でなければ、筆者
が書いた通りの原稿を載せなければならない。間違いというのは、「日本には皇室とい
うものはなかった」と書けば、これは間違いだ。天皇制を支持するかしないかは別とし
て、日本には天皇陛下がおられ、皇室があったのである。明らかな危険思想というのは、

多分、「革命は暴力的でもいたしかたない。革命に反対する人物は殺し、反革命を支持する団体には、テロをもって対しなければならない」というようなことを書いた場合だ。新聞では、東京新聞を手始めに、朝日新聞社、毎日新聞社とも同じような内容が言論弾圧の対象だった。一時は中国を批判する文章でも必ず書き直させられた。「中国人は戦後二つの国に分断する道を選んだ」と書くことも禁止された。私の知る限り、チャイニーズと呼ばれる人たちは、中華人民共和国と、台湾との、二つの国に分かれて住んでいる。しかし当時、中国政府は、二つの中国を認めない、と言っていたので、日本の進歩的文化人とマスコミは、中国政府の手先になって、私という日本人の署名入りの文章までこうして取り締まったのである。

書き直しを断ると、その原稿はボツになった。嘘でしょう、と言う人がいるが本当の話だ。新聞の要求通りの言葉遣いをしなければならないのなら、それは戦争中、「大本営」の発表の通りにしか戦争を書けなかった時と同じだ。言論の自由はないのである。私は見たことはないのだが、日本の大手新聞社の印刷用のタイプの中には、そうした「使えない差別語」を呼び出すと、自動的に別な言葉に振りかえる機能が備わっているものもある、という話だった。

私も一時、あまりのマスコミの弾圧のひどさに、ブラジルへでも逃げようか、と考えた事がある。しかしおもしろいことに、新聞社系の出版部が、私のような姿勢の作家を排除すると、雑誌社系の週刊誌が救いの手を差し伸べてくれた。出版社は明らかに共闘して全国紙と闘っていたのだ。私自身は当時、大学の先生をしていた夫の扶養家族として生きていけたが、新聞社の言論弾圧で縛られると、自由業の作家の中には明らかに食べられなくなる恐れはあった。そうなったら、私は畑でイモを作って生きようと思っていた。戦争中にそんな生活を体験したおかげで、のんきなものであった。私のガーデニング愛好の発祥はその時代である。

ほんとうはどちらでもいいことかもしれないが、乞食と物乞いでは、言葉の印象が違う。乞食はほんとうに生活全体が成り立たない人が、金品をねだることだ。物乞いは、虚無僧が編笠をかぶって門付けをする時のような、一種の目的をもつ行為の時にも言う。だから言葉は選ばせてほしいのである。

この一部のマスコミとの闘いで、私は随分世間を狭めたが、もともと多作ではないから、ちょうどよかったのである。

しかし例えば、乞食という言葉一つでも、私は明確な理由があって使っているという自覚はあった。

私は中年からあちこちの国で、乞食を見た。メキシコの田舎の村の乞食の一家は、今でも印象に残る。彼らは村の広場の一隅に、有り合わせの古トタン、木の太い枝、葉っぱなどを使った小屋を建てて、そこに子供六人ぐらいと住んでいた。冬には、この辺でも寒風が身に染みるという。ボロ、ダンボール、ビニールの切れっ端などで、壁の隙間は補強されていたが、それでも暖房もなく辛いだろう、と思っていたが、貧しい人たちはそれなりの智恵を持っていた。

彼らの小屋の前の空き地には、仔犬に乳房を含ませている堂々たる雑種の犬の母と子がいて、その飼い主はこの貧しい一家だというのである。

「え？　どうして犬を飼えるんです？」

と私は尋ねた。すると別に一家は、何一つとして餌を与えているのではない。ただ犬はその小屋の前の空き地を勝手に自分の住処と決めているだけだ。餌は昼間ほっつき歩いて、どこかで残飯を食べている。

しかし大事なのは、そこにいる生後、一、二カ月の五、六匹の仔犬だった。一方貧しい家の子は、玩具も絵本もなく、駄菓子を買ってもらうお金もなく、しかも夜はまともなかけものもない。子供たち一人に一匹ずつという計算になる野良犬の子は、子供たちの玩具であり、夜は湯タンポ代わりであった。神さまのお計らいなのか、丁度うまい具合に、子供一人が一匹ずつの犬の子を抱いて寝られる勘定のようであった。私はそこに素朴ではあっても、自然の中に満ち満ちた「恩寵《おんちょう》」のようなものを感じた。

犬と乞食は、世界的に一つのよいパートナーのようだ。イタリアなどにはよく、「どうしても食べられなくなった詩人か芸術家風の男性」という感じの乞食がいた。そしてそういう人たちのほとんどは、賢い顔をしたレトリバーの飼い主だった。犬といっしょに道端に座って乞食をしている。犬も納得して座っている。私は初め、

「あんな大きな犬飼ってて、餌代がかかるのに、なぜ乞食をするのか、と言われないのかしら」

と余計なことを気にしていたが、その町に住んでいる人の解説によると、通行人の中にはレトリバーが好きという人がけっこういて、わざわざ彼のレトリバーのために、と言ってお金を置いて来る人もいる、というのである。

私は中年以後は、ペットを飼えずに暮らしてしまったが、レトリバーのファンの気持ちはよくわかる。一時、私は毎年のように盲人を中心にした人たちと、ボランティアと

して、「聖地巡礼」と呼んでいた海外旅行にでかけていた。まずローマに行って、教皇に謁見するので、私たちはアリタリア航空でローマへ向かう。盲人の中にはレトリバーの盲導犬を連れて来る人もいた。私は犬の海外旅行に興味津々だった。

飼い主に聞くと、まず乗る前に成田空港の付近を歩かせて最後のオシッコをさせる。飛行機に乗ると、それから約十三時間か十四時間(飛行機はまずミラノに降りて、ローマまでの乗客は機内に留まったままだが、そこでミラノまでの客を降ろすので、結局それくらいの時間がかかるのである)。その間、盲導犬は、水も飲まず食べもせず、歩き廻りもせず啼き声一つ立てない。私の席の近くに、レトリバーがいた年もあったので、私は興味を持って見ていたが、上から眺めると、レトリバーはあのレインコート色の背中を見せているだけで、頭は前席の下、尻尾は後席の下に入れて寝ているので、誰も犬とは思わない。レインコートが一枚、床に落ちているだけのように見える。

ローマに着くとやっと犬も立ち上がり、飼い主はハーネスの具合を確かめる。後ろの席の客たちの間から、驚きの声が上がる。

「あら、犬が乗ってたのよ!」

私は自分が恥ずかしかった。私は本も持参し、その頃でも既に個人用に設置されていたテレビで、散々映画も見た。そのあいだに食事もコーヒーも楽しんだ。それでも私は退屈し、後何時間でイタリアに着くのか、と、始終腕時計を見ていた。犬は到着時刻も告げられていない。途中でお茶やお菓子も貰えない。映画も見られない。それなのに、堂々とひたすら眠り、私は時間の経過の遅さにいらいらしていたのだ。

盲導犬として働くレトリバーは、やはりストレスが多いので、長くは生きない、という説もある。しかし私は彼らの中に、自分にはない徳を見ていた。乞食の飼い主と共に道端に座る犬も、生活を担っている。一方で最近の豊かな日本では、体もまともで、教育も十分に受けながら働くのが嫌で「引きこもり」をやっている人間がいる、という。単純に比べてはいけないことだが、犬の方がはるかに責任感があるように見える。

その後私はある修道女から、乞食という行為に関する一つの逸話を聞かされた。彼女の働く修道院の本部はイタリアにある。だから修道女を志願して来る女性たちも、少し日本とは違う。

もちろん本質は変わらない。どこの国でも、育った家庭が貧しいと、高校以上の教育を受けられない。しかし修道女になれば、大学へも出してもらえる、というので、志願して来る。

しかしイタリアでは、修道女になる女性の中に、日本では考えられないような生まれの人もいる。長いヨーロッパの歴史の中で誰もが知っているような名家の娘で、昔は爵位があったような家のお嬢さまたちだ。

修道院はそういう人たちを、わけへだてなく受け入れる。よく、実家がお金持ちの修道女は、楽な仕事をするんでしょう、と言う人がいるが、そういう配慮は全くない。

その修道院では、希望者が入会して来ると、一様にまず「乞食」をさせるのだ、という。もちろん汚い服を着て哀れみを乞うのではなく、修道女として大聖堂の前などに立って、貧しい人たちの生活の資を願うのである。しかし修道院としては、もっと積極的な意味をも感じているようだ。つまり修道院に入る場合には、現世で属性として持っていたすべてのものをまず捨てるのだ。彼女が俗世で持っていた、家名、名誉、才能、美貌、学歴、富など一切を捨てさせる。そのために乞食の体験をさせるのである。

アッシジの聖フランシスコという人も、修道院の若い修道僧たちが托鉢《たくはつ》にでかける時、その日分の食料を与えられたら、それで帰るようにと教えていたという。私だったら、浅ましく、今週分、いや今月分くらいは「稼いで帰ろう」と思うに違いない。しかし人間は、生きる必要がある時は、生かされるようになっているのだ。だから、乞食の生活はその声を聞くチャンスでもある。

或る年の寒さがやって来た頃、私はイタリアの田舎町にいた。まだクリスマスには少し間があるが、町中の玩具屋は、子供たち目当ての玩具の売り出しの最中だった。

家で留守番をしている夫のために、私が一個くらいは買って帰ろうか、と思ったのは、一種のシリーズになっている風俗人形だった。やや古風に、それぞれの職種を示すような服装をした「労働者」たちであった。

ピザ焼きの職人は大きなエプロンをかけ、蜜柑もぎの農夫も籠をおいて収穫の真っ最中だ。井戸の水汲み、洗濯女、羊飼い、それぞれに、日本で言うと、明治時代くらいの感じの古い服装をしている。それらの人形は電気のスイッチを入れると、いかにもそれらしい簡単な動作をするのだ。

井戸の釣瓶《つるべ》に手をかけている男は、いかにも水を汲み上げているかのように、手を上下させる。ピザ職人は、生のピザを載せた大きなスコップみたいな道具を窯の口の方に往復して動かす。日本が作ったら、もう少し微妙な動作をさせるのだろうが、この電動人形はぎこちなさが、却って懐かしくてよかったのである。

更によく見ていると、その中に、ちょっと変わった人物もいた。松葉杖を傍らにおき、ぼろぼろのズボンの片方は足がないので、ひらひらしている。つまり隻脚《せつきやく》なのである。おまけにその人は片目でもあるらしい。一方の目に、薄汚い布を包帯として巻いている。しかもその人形は、小さな笊《ざる》を両手でもち、左から右へ流れるように差し出し続ける動作をするのである。それは目の前を通る人たちに、執拗に笊を差し出して、そこにお恵みの金を入れて貰おうとする乞食の動作なのであった。

その時、私は初めて気がついたのだ。イタリアでは、乞食は今でも、一種のまともな職業として扱われているということだった。片方の目も見えず、足も松葉杖なしには歩けない人でも、地べたの上に座ったまま、家族のために必死に乞食として働いて、その日の食べ物を手に入れようとしている。

だからこの人形は、他の炭鉱夫や、道路掃除人や、コックや、糸紬の小母さんたちと共に、一種の立派な職業人として加えられているのである。

人道を売り物にし、差別を排除するという意識だけに狂奔する日本のマスコミのように、乞食と書くことも禁止することこそ、立派な差別なのだ。

しかし私は結局この人形を買わなかった。ケチな私は、それが一個七千円くらいするのを知って、さっさと夫の土産にするのをやめてしまったのである。またケチな夫も、その値段を聞くと、「そんな高いもの、買わなくていいのに」と言うに決まっていることが、目に見えていたからである。

第19章

捨てられた女を拾う

私は一生、できるだけ無駄な部分の多くついた運命を選んで拾うようにして生きて来た。と言っても、他国と国交断絶をすべきかどうか、とか、この際一千億円の金をどこに投資すべきか、というような重大なことにかかわったのではないのだから、気楽なものである。

ただ、人間は日常的に、小さなことにも選択を迫られることがある。

小説家という職業は、この決定段階で大きな間違いをしでかしても、あまり世間に実害を与えない。男の作家なら、深情けの悪女とどうしても切れない泥沼のような仲を続けるはめになっても、周囲は充分に面白がってくれる。しかし常識的な世間では、そうは行かない。

私は作家としての生活の他に、二つのお金を扱う組織にかなり長い年月関わって暮らした。

一つは満四十歳の時に始めた「海外邦人宣教者活動援助後援会（ＪＯＭＡＳ）」という一種のＮＧＯである。私はカトリックの経営する学校で幼稚園から大学まで学んだ。自然に親しい知人の中にカトリックの修道女がたくさんいた。このような人たちの中には、日本人が繁栄日本の贅沢な暮らしの中でぬくぬくと生きているような時代に、求めて水道もガスも電気もないようなアフリカの僻地に、日本人としてはたった一人で移り住み、そこで医療や教育活動をするような人が何人もいた。土地の人たちの貧しさは、多くの場合、生命を脅かすほどだった。清潔な飲料水もない。熱が出てもアスピリン一つ売る店はないし、あってもお金がない人々がほとんどである。

今でも忘れられないのは、老人ホームらしいところ（と言うのは何の設備もないただの屋根のある陋屋《ろうおく》）に、二十人の老人が収容されているが、そのうちの半分は、マットが古くて破れかかってはいても、とにかくベッドらしいものに寝ているのに、残りの半分はベッドの台さえなくて、床の上におかれただけのマットの上に寝ているというような状態だという報告だった。

それで、その老人ホームの面倒を見るようになった日本人修道女は、私たちに救いを求めて来る。「せめてお婆さんたち全員に一応のベッドをあげたいのです。床からは湿気と寒さが上がってくるので」というわけだ。そういう場合のレスキューのお金を出すのが、このＪＯＭＡＳの仕事だった。こちらは四十年間働いて約十七億円の寄附を受け、そのうち十六億円以上をきちんと使って、残りは現在も存続しているその組織に置いて来た。

もう一つ私が関わったのは、日本財団という所で、こちらは桁はずれに大きな予算を持っていた。私が会長として着任した一九九五年の予算は、七百億円を越えていた。組織の使えるお金が大きかろうと小さかろうと、それにたずさわる人間の姿勢には全く違いはなかった。つまり「他人のお金は、自分のお金と違って厳密に倹約して使わねばならない」ということである。

ＪＯＭＡＳの場合、私たちは私の家で運営委員会を開いていた。普通こうしたグループ活動では、会合費、通信費などを計上するものだが、私たちのグループは、それをしなかった。その年三千万円の寄附を受ければ、全額をシスターたちの仕事に廻す。私自身が自費で、お金を出した先を訪ね、申請通りの事業ができているかどうかを監査することも条件にしていた。

日本財団で働くことになった時に即座にやったことは、広報費の見直しだった。当時の世間の常識通りにかなり贅沢な月報をダイレクト・メールで送っていたが、それを全廃しただけで、一億六千万円が浮いた。

ありがたいことに、日本財団の仕事も、ＪＯＭＡＳと同じように、あくまで人間性を基本にすればよかった。組織が儲ける必要ということが全くなかったから、何を基本とするか、その哲学さえ持てばよかったのである。もちろんその部分を説明するのも、そんなにたやすいことではない。しかし今思いなおしてみると、財団の仕事はそれ以前にも私が会長を務めた時代にも、自然に世間があまり関わりたくないこと、気がつかないで見捨てている部分に手を貸すことを選んでいた。

その分野はあまりに多岐にわたっていたが、その一つを挙げれば、マラッカ・シンガポール海峡約一千キロの間に点在するビーコン、燈台、浮標などの整備をすることだった。日本の大型タンカーの八〇パーセントが、あの狭隘《きょうあい》で交通量の多い海峡を通って来る。直接影響を受けるのはマレーシア、シンガポール、インドネシアの三国の海域で、彼らにすれば我が家の前の狭い田舎道を大型ダンプに通られるようなものだ。

もしどこかの国の大型タンカーが――当時最大級のものは三十万トンのタンカーが運航していた――その海域の途中で事故でも起こし、最悪の場合、通行が不可能になると、日本のタンカーは、島続きのインドネシアの南側を迂回し、バリ島の東側のロンボク海峡を北上して日本に到達することになる。すると、当時の積算でも、タンカー一隻あたり輸送費が三千万円に上る、と言われていた。それでは日本の石油製品がたちまち高騰して、市民生活に大きな影響を及ぼす。

そのような事態に立ち至らせないために、財団は、マ・シ海峡の保全のためにお金を出していた。たくさんの燈台、ビーコン、浮標などが、常に正確に機能しているように、その保全のために、お金を出し、沿岸諸国に設標船も贈り、日本から技術者も出して、絶えず黙々とそれらの機能の維持のために働き続けていたのである。私も個人的にそうした現場にいてくれる日本人の技術者の生活を学びに行き、深い尊敬をいだいていた。

私が十年間働いて辞めた頃の財団は、たとえば受刑者が出所してから後、働き口が続くようにするにはどうしたらいいか、などということに眼を向けていた。受刑者は経歴を知られると働き口を探すのが困難だ。

麻薬中毒患者も、薬と手が切れた後の保証は、自分自身でも一切ないのだという。今日までは薬を切れた。しかし明日はどうなるかわからないという心理的地点に立っているという。

トランプ氏は選挙運動中から、違法なメキシコ移民は追い出すなどと言っていたが、アメリカのサンディエゴから南にメキシコ側に国境を越えた最初の町——ほとんどサンディエゴと一続きの町と言ってもいいような——ティファナは、麻薬に関係したあらゆる人々の吹き溜まりのような土地であった。

アメリカ側が、薬の売人を厳重に止めれば、ティファナには捌《は》けない薬が溢れ、中毒患者も増える。この町が数年間に急速に人口が増えた理由は、多く麻薬がらみだと説明してくれる人もいた。

私はそこで働いている一人のメキシコ人神父を知っていた。長年、長野県で働いていたので、日本語も達者だった。その神父が、広大な中毒者の一種の隔離コミュニティにも連れて行ってくれたのだが、その中の住人の一人は私に英語で語った。

「私は今は、麻薬と手が切れた、と言っているのですが、麻薬中毒というものは、決してこれで治った、と安心することはできないんです。今日までは飲まないでやって来れた。しかし明日はわからない。突然また元の木阿弥になるかもしれない」

それから彼は遠い所を見つめるような視線になって言った。

「仲間の中には、かわいそうな人たちもいます。何度も失敗してその間に親兄弟に迷惑をかけていますからね。或る時、長らく音信不通になっていた故郷の村に帰ってみようと思って、忘れるはずのない、村の、昔自分の家があった所に行ってみたんだそうです。するとそこには家がなかった。思い出の中にある木も土台もあったけど家がない。悪い夢を見たんだろうと思っても、とにかく親兄弟は姿を消してしまった」

「どういうことですか？」

「詳しくはわかりませんが、その男は散々家族に迷惑をかけていますしね。そのうちに、家族の方にも何かの事情ができて、患者の男には行き先を告げずに逃げてしまったんでしょう」

私は自分の家のあったはずの荒れ地に佇む男の後姿の哀しい光景が眼に見えるようであった。

財団にいる時に、私に一つの生き方を教えてくれるような事業があった。もっともこれはやや華やかな仕事であった。

ザルツブルグで毎年、復活祭の頃に行なわれる有名な音楽祭の支援である。私が勤め出した頃、財団は毎年三千万円ほどを音楽祭の開催のために出していた。プログラムに載るほどのスポンサーは、スイスの信用金庫とヨーロッパでは知らない人がいない大手の自動車メーカーと日本財団と三つの組織だけであった。

ところが数年経つと、財団の職員が浮かない顔をして私のところにやって来た。

実は日本の大手ゼネコンが、自分のところだけで音楽祭のスポンサーをやりたいので、日本財団には降りてくれ、と言って来たのだという。しかしその瞬間、私は迷うところなく答えた。

「出してくれるという所がある場合は、さっさとそちらにお願いしましょうよ。うちの財団は競合する必要はないんです。うちは誰も助ける気がないお相手にだけ眼を向ければいいんですから」

これで三千万円は他の事業に使えるのだから、悪くはない話であった。

しかし、三年ほど経つと、同じ職員が今度は少し憤慨しているような様子でやって来た。日本財団にスポンサーを降りてくれと強要した大手ゼネコンが、早くも資金が続かなくなったので、スポンサーをやめたい。ついてはそちらで頼む、と言って来たのだという。

「全く無責任です。こんなに早く資金が続かなくなるなら、スポンサーにならなきゃいいんです。又、こちらに引き受けろ、と勝手なことを言っていますが、どう致しますか？」

「うちが拾えばいいでしょう」

と私は言った。

「面子とか、責任なんてものはどうでもいいんです」

そこで私は、不意に無頼な小説家の顔に戻ってしまった。

「捨てられた女は拾うことにしたらどうですか。そういう男は魅力的でしょう」

もちろん現実にはそうはいかない。捨てられた女が名うての性悪女《しょうわる》だということもあるから、男が、誰でも捨てられた女を拾っていたら身が保たない。

若い職員は男性だったので、私の言葉に決して賛成の意志表示はしなかった。しかしその瞬間、私は或る原則を摑んだのだ。

多くの人間は競って目立つものの近くによりたがる。派手で力のあるものと、つながりを持とうとする。しかし、原則はどうも違うようだ。世界の力関係は均《なら》す方向に向かっている。土の山は高い方から低い方へなだれる。文明の力の行き渡っていない土地では、豊作が続いて人々がお腹いっぱい食べられるような年が続くと人口が増えるが、やがて彼らの所有する土地が生産する農産物だけでは、村の人口を養い切れなくなる。すると人口が流出したり、流行病が続いたりして、自然に数が減る。

もっともこの反対の現象もある。飢饉が続くと、人間の受胎率は上がるというのだ。人間食うや食わずでセックスなどしますか、と私は思うのだが、医学的に栄養不良になると、人間は種の保存の危機を感じて受胎能力が上がる、ということは、医学的にも証明されているのだという。

長い間、私は食うや食わずでは、人間は子供など持てないのだ、と思っていた。ところがそれは反対だったのだ。

私はアフリカの「飢饉の村」と呼ばれた地帯にも行ったことがある。

餓死者が続く状況のエチオピアの田舎では、私よりはるかに年長と見える老人が（しかし現実は私よりずっと若かったのかもしれない）、立つ力もなく、腰の廻りに生えている雑草をむしって口に運んでいた。顔の皮膚の下に、骸骨の見えるほど痩せた子供は、もう食欲がなかった。NGOによって与えられたおかゆ状のものの入ったプラスチック容器を手にしているだけで、いつまでも口には運ばない。

私はその時、空腹と飢饉の違いを初めて知った。空腹は猛烈な食欲を伴うが、飢饉はすでに食欲そのものが失われている。だから回復して生の道を辿る方法もむずかしくなっている。しかし多くの日本人は、そんな強烈な生命の危機などを、目の当たりにしたことはないのだ。

他人の困難を見て見ぬふりしてやり過ごすことはよくある。しかし多くの人たちの中には、同時に何かあったら、少しでも助けたい、という思いもあるのだ。

聖書の中には「小さい者」という表現が出てくる。別に小柄な人の意味でもなく、その社会的地位を特別に貶《おとし》めて表現しているのでもない。
或る時、イエスは一種のたとえ話として、次のような話をされた。
王が正しい人々に、お前たちのような天の父（神のこと）に祝福された人たちは、「天地創造の時からお前たちのために用意されている国を受け継ぎなさい。お前たちは、わたしが飢えていたときに食べさせ、のどが渇いていたときに飲ませ、旅をしていたときに宿を貸し、裸のときに着せ、病気の時に見舞い、牢にいたときに訪ねてくれたからだ」と言う。この言葉を聞いた「正しい人たち」が、いつ自分たちが、相手もあろうに王に食べ物や飲み物をさし上げたか、その覚えはない、と答えると、王は答える。「はっきり言っておく。わたしの兄弟であるこの最も小さい者の一人にしたのは、わたしにしてくれたことなのである」（マタイによる福音書25・34～40）
付言すると、私たちは誰もが「小さい者」なのだ。現在只今権力者だと思われている人でも、政権が代われればたちどころにポストを失う。生まれつき体は丈夫だと思っている人でも、年をとったり土地が変わったりすると、今まで思ったこともないような病気になる。仲良く暮らして来たと思っていた家族が、分裂することも珍しくない。神の前ではわれわれは等しく弱い存在として生きている。それらの「小さい者」に対してすることは、現世の王や神に対してするのと同じことなのだ、というわけなのである。

小説家の私が、少しばかりふざけて、「捨てられた女を拾うのを原則にするといい」と言ったのは、そのことなのである。この原則が明瞭になると、私たちはあまり迷わなくて済むようになる。その瞬間から、私たちは汚職とも、贈収賄罪とも無関係になる。私たちは一人の市民として、運命を均す仕事に穏やかに加担することになる。そして私の近くで働く人たちは、すべてこの「捨てられた女を拾う」ような仕事を、明るい表情でしてくれた。これだけだって私は、人生の輝く面を見せてもらったのである。

あとがき

この数年、私は饒舌《じょうぜつ》になった。実際に口に出して喋《しゃべ》ることもあるが、無言のままでも、心の中で喋ること、思い出すことが溢れているように感じることが多い。

理由は簡単なのだ。私は長いこと生きて来た上、好奇心旺盛だったので、いつも日常生活からはみ出した暮らしをして来た。私はアカデミックな勉強もしていないから、政治的、経済的な分析をすることはできなかったが、それでも、テレビのニュースなどで、多くの日本人がほとんど知らないような地名や国名が出て来ると、かつてそこを訪れた自分が見えて、報道の内容に実感を持てたのである。

私自身は多くの場合、その土地で何も劇的な行動をしていない。しかし私はそこで流れの音を聴き、植物の香を嗅いでおり、風のそよぎ、厳しい暑さ寒さを思い出せる数日を送った。しかし最も鮮明に残っているのは、誰であろうと、そこにいて、ほんの数分前に親しくなってくれたような人々が、私に語りかけてくれた内容だった。しょった言い方をすると、私は他の人から、すぐに身の上話を聞かせてもらえるような性格的何かがあったようだ。

このことは、私にとって宝物のような幸運だった。嬉しくてすぐに他人に語ってもいいようなこともあったが、私は多くの場合、誰にもその話の内容を喋らなかった。初めて会ったような人から金貨をもらって、すぐに喋り散らす人はいないだろう。まず服の中に大事にしまい込み、なぜこんな大事なものをあの人は私に（分け）与えてくれるのだろう、という驚きと感動を噛《か》みしめるはずだ。

私がこの世で与えられた幸運は数多い。

まず充分に人並みと言える丈夫な体。視力も弱く、精神にもひ弱なところはあったが、私は世の中をあまり甘く見ずに暮らすことができた。

特に裕福な家に生れたわけでもなく、日本が第二次世界大戦で敗けたこともあって、一九四五年前後の日本は誰もが食べるものにも着るものにも不自由した。財産もその多くを失い、政府はその事態を補償することもなかった。だから私は本物の貧困を知った。それは作家にとって大きな財産だった。

私は二十三歳の頃から、原稿料をもらって書くプロの作家になったわけだが、その後の日本は、どん底から順調にはい上った。その波に乗って、私はずいぶん余計な勉強をした。まず商船の世界を学び、その時の基礎知識は、後年偶然、日本船舶振興会の会長になった時に役立った。

次にライについてかなり深く知るようになった。これも小説の題材のための勉強だったが、私はインドのアグラにある、インド人のためのライ病院に泊り込んでいたので、ついでに貧しいインドの社会の現実も見ることができた。

次に学んだのは、土木の世界だった。戦後、地下資源のない日本の国力を建てなおしたのは工業だったが、その基になる電力の供給を果したのは主に水力ダムの建設だった。しかしそれに関った人たちは、世間からは自然破壊に組した人々として、ことにマスコミの視野の中からは追いやられていた。

私の『無名碑』という作品は、その戦後の土木の世界に生きる人たちを描いたものだった。私はダムとトンネルと高速道路の建設についてだけは、専門家の話を八、九割理解するほどに現場で勉強させてもらった。

私の生涯に画期的な事がおきたとすれば、それは私の視力が、もはや晴眼者とは言えないほどに落ちた後、現在の藤田保健衛生大学病院の馬嶋慶直先生の手術によって、裸眼で字が読めるほどに回復したことである。私の五十歳の誕生日の直前であった。

私は生まれて初めてこの世を見た。「感動で夜も眠れず」「あまりの幸福に鬱《うつ》病になりかけた」と当時私は書いている。幸福の極が鬱をもたらした、という言い方がわからないという人もいるが、わかる人もいた。

私はもう若くはなかったが、それでもまだ人生の時間は残されていた。三年後に私は、かねてから念願のサハラ縦断をした。こうした旅は一人ではできない。私が多くの友人に恵まれていた証拠であろう。

私はそれをきっかけにアフリカと関係を持つようになった。アフリカには、貧困も病苦も短い人生の儚《はかな》さも、家族の温かさも、月や星のただならぬ荘厳さも残されていた。

そこでも、その道すがらでも、私は人間として輝いている人たちに会った。ほんの数分会っただけで二度と再びこの世では会うこともない、と思われる邂逅《かいこう》もあった。しかしその瞬間、その記憶は私の生涯の財産として魂に焼き付いたのである。

平成二十九年二月

曽野綾子

本書は、『ＷｉＬＬ』に二〇一五年八月号から二〇一七年二月号までに連載された「その時、輝いていた人々」をまとめたものです。

曽野　綾子（その・あやこ）

作家。1931年、東京生まれ。聖心女子大学文学部英文科卒業。ローマ法王庁よりヴァチカン有功十字勲章を受章。日本芸術院賞・恩賜賞・菊池寛賞受賞。著書に『無名碑』（講談社）、『神の汚れた手』（文藝春秋）、『風通しのいい生き方』『人間の愚かさについて』（以上、新潮社）、『人間にとって成熟とは何か』『人間の分際』（以上、幻冬舎）、『夫婦、この不思議な関係』『沖縄戦・渡嘉敷島「集団自決」の真実』『悪と不純の楽しさ』『弱者が強者を駆逐する時代』『想定外の老年』『安心と平和の常識』『出会いの神秘』『曽野綾子 自伝——この世に恋して』（以上、ワック）など多数。

出会いの幸福

2017年3月1日　初版発行

著　者　曽野　綾子

発行者　鈴木　隆一

発行所　ワック株式会社
東京都千代田区五番町4-5　五番町コスモビル　〒102-0076
電話　03-5226-7622
http://web-wac.co.jp/

印刷製本　図書印刷株式会社

ISBN978-4-89831-750-1